JIAN ER ZHOU

健儿粥

JIAN ER ZHOU

主编　雷　宇

编者　张　峻　刘济生　汪建平　李凤良

　　　杨春兰　陈永兴　孙红艳　万　嫣

　　　程乃哲　岳建军　刘　兵　杜　芸

　　　朱玉伟　房　萍　李佳宇　朱　博

　　　付胜祥　杨蕴华

上海科学技术文献出版社

图书在版编目（CIP）数据

健儿粥/雷宇主编.—上海：上海科学技术文献出版社，
2009.1

ISBN 978-7-5439-3440-5

Ⅰ.健⋯ Ⅱ.雷⋯ Ⅲ.儿童-保健-粥-食谱 Ⅳ.
TS972.137

中国版本图书馆CIP数据核字(2007)第195754号

责任编辑：何　蓉
封面设计：汪伟俊

健　儿　粥

雷　宇　主编

*

上海科学技术文献出版社出版发行
（上海市长乐路746号　邮政编码200040）
全 国 新 华 书 店 经 销
江苏常熟市人民印刷厂印刷

*

开本890X1240　1/32　印张6.375　字数148 000
2009年1月第1版　2009年1月第1次印刷
印数：1-6 000
ISBN 978-7-5439-3440-5
定价：15.00元
http://www.sstlp.com

目　录

健儿粥的作用与特点

健儿蔬菜粥

健儿水果粥

健儿干果粥

健儿蛋乳粥

健儿海鲜粥

健儿杂粮粥

健儿粥的作用与特点

充足的营养,合理的饮食安排,是儿童健康成长的基本保证。家长要根据儿童不同生长时期的生理变化和需求,科学地安排各个年龄段的膳食,并充分地考虑孩子的营养需要与膳食的色、香、味。

多喝粥对人体健康有益,特别是孩子,脾胃较弱,发育较快,更适宜于多喝点有营养的粥。因为粥营养丰富,易于吸收,非常有助于孩子增强体质,健康成长。

非但如此,孩子得了病,有些粥还有很好的治疗效果,特别是在夏天,孩子食欲差,出汗多,很容易患一些中暑、发热、肠炎之类的"夏季病",这时多喝一些有疗效的粥,能收到令人满意的效果。

中医认为,小儿为"稚阴稚阳之体","脾常不足",对水谷消化、吸收功能相对较弱,现代医学对此也有类似认识。认为小儿消化系统发育不成熟,胃液酸度较低,抗感染能力较弱,由于各种消化酶分泌少,活性低,因而对食物的耐受力差。此外,婴幼儿生长发育快,所需的营养物质相对较多,故消化道的负担较重,加上小儿神经系统发育未成熟,对胃肠道的调节功能亦差,易于发生消化道功能紊乱。婴幼儿血液中免疫球蛋白较成人低,胃肠道分泌型免疫球蛋白 A 亦较低,故防御功能较差。正常肠道菌群对入侵的致病微生物有拮抗作用,而小儿(尤其是新生儿)却未能建立正常肠道菌群。鉴于小儿脾胃消化功能不足,加上小儿半岁以后才生乳牙,14个月才出牙8~10个,至2岁始将20个乳牙出齐,6岁左右生第1磨牙,12岁生第2磨牙,总数较成人(一般是28~32个恒牙)为少,而且在7~8岁时还要将乳牙换以恒牙(换牙),再加上咀嚼肌力度有限,不利于食物的咀嚼、粉碎,而有碍于消化。各种粥品不仅营养较丰富,而且更因加水将米、菜、肉等煮成了粥糜,自然易于消化和吸收了。现代医学亦将饮类(如米汤)列入高热、胃肠炎症、急性感染、昏迷病人的鼻饲及施行手术后的患儿常规流质之一。将粥作为因发热、不能咀嚼或不能吞咽大块食物、有轻度消化道疾病及体弱、手术后患儿的半流质饮食之一。中医的药粥方繁多,较之现代医学所用的"米汤"、"稀饭"的内容更为丰富,可供不同患儿食疗时选用。

水,是体液的重要组成部分,出入水量的动态平衡对维持体液的相对稳定甚为重要。由于小儿发育生长迅速,新陈代谢旺盛,所需的热量相对较高,故水的需要量也高于成人(正常小儿每日所需水量约为35毫升/100千焦)。而且年龄越小,水的出入量(体内外水的交换量)越多,婴儿的交换率竟比成人快3~4倍。所以对小儿必须保证水的充足补给。而粥恰恰是用大量的水烹成,从补充水液的角度说,对儿童有益。

粥制作简单方便,为家庭主妇所稔熟。而粥同时也是育儿之佳品,何乐而不为呢?聪明勤劳的爸爸妈妈们,为了宝宝的健康成长,充分施展你们的厨艺吧,《健儿粥》将是您的厨房好帮手!

健儿蔬菜粥

红白粥

【原料】胡萝卜 25 克,马铃薯 25 克,大米 30 克。

【制作】将胡萝卜、马铃薯削皮洗净,放进蒸锅蒸 2 次至熟烂。将大米洗净后放入锅内煮成粥。将蒸好的红白原料放入碗里用汤匙压碎,一定要压成细泥状。将泥料与粥拌在一起即可。

【吃法】每日可喂食 1 次,每次小半碗。

【功用】富有营养,强身健体。用于婴儿辅食,促进生长。

青菜粥

【原料】大米 50 克,青菜 30 克,精盐适量。

【制作】将青菜叶洗净,放开水锅内烫一下,捞出切碎备用。将大米洗净,用水浸泡 1~2 小时,放入锅内,加 300 克水煮 30~40 分钟,熄火之前加入精盐及切碎的青菜煮 1 分钟即可。也可用菠菜、油菜、小白菜的叶替代青菜。

【吃法】随量喂食。

【功用】富有营养,强身健体。用于婴儿辅食,促进生长。

蔬菜糙米粥

【原料】糙米 40 克,胡萝卜少许,小白菜叶(或菠菜)2 片,精盐适量。

【制作】胡萝卜切碎,白菜叶(不要白梗)切细碎。糙米用清水泡 6 小时,放入锅内置小火上煮,糙米半熟时将胡萝卜放入,焖 20 分钟以上,再移至大火上煮开,最后放入青菜,并盖上锅盖焖煮 3 分钟,关火待温方可喂食。8 个月以上的婴儿,可另加猪肉片、剁碎的鸡肝及鱼肉一同合煮(煮好后取出肉片),或与剁碎的鸡肝、鱼肉、蒸蛋黄,拌成粥吃。

【吃法】每日可喂 1 次,每次小半碗。适合 6 个月左右婴儿食用。

【功用】富有营养,强身健体。用于婴儿辅食,促进生长。

薯茸粥

【原料】大米 50 克,马铃薯 1 个。

【制作】马铃薯削去皮,洗净切薄片。将大米洗净放入锅内加适量水煮,当煮至大滚时,把马铃薯放在粥里面煮,当粥熟马铃薯黏时,将马铃薯搓成薯茸,薯茸与粥拌匀,可以放入极少量的盐拌一下,待温度适合时便可喂婴儿。

【吃法】每日可喂 1 次,每次小半碗。适合 5 个月以上婴儿食用。

【功用】富有营养,强身健体。用于婴儿辅食,促进生长。

小儿营养粥

【原料】糙米 30 克,番茄 2 个,马铃薯 30 克,胡萝卜 20 克,豆腐 25 克,鱼肉 20 克,里脊肉 20 克,精盐适量。

【制作】里脊肉与鱼肉先用开水烫一下,捞起,用水冲后沥干。糙米用清水泡 6 小时,锅中放适量水,把肉片放进蒸锅里蒸烂,关火后闷半个钟头,拿掉肉片。马铃薯与胡萝卜用蒸锅蒸软。另取锅放水烧开后,将番茄放入,看到番茄裂开即捞起,放入冷开水中浸泡、冲洗、剥皮,再放入果汁机里与蒸软的马铃薯及胡萝卜一起配打。打好倒出,淋入糙米粥后,移至火上,加上豆腐丁,与剁碎的鱼、肉用中小火一起熬煮 5 分钟,关火稍温再喂食。

【吃法】每日可喂 1~2 次,每次 1 小碗。适合 8 个月以上婴儿食用。富含多种营养素,还可添加青菜、蛋黄、肝泥等食用。

【功用】富有营养,强身健体。用于断奶辅助食品。

南瓜菠菜粥

【原料】南瓜 30 克,菠菜 1 棵,大米 40 克。

【制作】南瓜削皮、切块、蒸软,加 1 杯水放入果汁机中打烂(须打得很烂)备用。菠菜只取叶子,剁得很碎备用。大米洗净后放入锅内煮开,加入打烂的南瓜,以小火煮至粥将熟时放入菠菜叶,盖上锅盖焖 3 分钟,熄火,稍温再食。

【吃法】每日可喂 2~3 次,每次 1 小碗。

【功用】富有营养,强身健体。用于断奶辅助食品。

肉末青菜粥

【原料】大米或小米 250 克,肉末 150 克,青菜 200 克,植物油 50 克,酱油 25 克,精盐 10 克,葱花、生姜末各适量。

【制作】将大米淘洗干净,放入锅内,加入水,用大火烧开后,转微火煮透,熬成粥。将绿叶蔬菜切碎,然后将油倒入锅内,下入肉末炒散,再下入葱姜末、酱油炒匀,投入青菜炒几下,放入米粥内,加入精盐调好味,熬煮一下即成。熬粥时不要放碱,以免破坏营养。粥要熬至稠黏。

【吃法】每日可喂 2～3 次,每次 1 小碗。适宜 10 个月大的婴儿食用。

【功用】富有营养,强身健体。用于断奶辅助食品。

大酱粥

【原料】大米 50 克,大酱 25 克,胡萝卜、洋葱、菠菜各适量,鲜汤 300 克。

【制作】将胡萝卜、洋葱、菠菜切成碎块,加鲜汤煮制,随后放入大米粥熬至黏稠。煮好之后放入大酱调味。

【吃法】每日可吃 2～3 次,每次 1 小碗。

【功用】富有营养,强身健体。用于大酱的原料为米、麦、大豆及精盐,所含的蛋白质极易于消化,维生素则以维生素 A、维生素 B$_2$、维生素 D 较多,并含有促进消化作用的酵素。此粥能促进小儿生长。

番茄粥

【原料】 番茄 30 克,大米 50 克,海带鲜汤 200 克,精盐适量。

【制作】 将番茄泡在开水里,随即取出,去皮去瓤,切碎。将大米和海带鲜汤倒入小锅里煮开,再改小火煮成粥。煮好后加入番茄,再用精盐调味。

【吃法】 每日可吃 2~3 次,每次 1 小碗。

【功用】 富有营养,强身健体。由于新鲜番茄中有种神奇物质叫番茄红素,是一种对人体健康有重大作用的化学物质,而且经过烹调的番茄含的有效成分更易被人体吸收。海带中富含微量元素碘,是婴儿补充碘的绝好来源。但是在购买番茄时需注意挑选那些真正自然成熟的番茄,而不要选那些人工催熟的番茄。因为未成熟的青番茄含有有毒的番茄碱,多食易发生中毒。

胡萝卜香菜粥

【原料】 胡萝卜 50 克,糯米 50 克,香菜 20 克,猪油 10 克,精盐、味精各适量。

【制作】 将胡萝卜削洗干净,切成细丝;香菜洗净、剁成细末。糯米淘洗干净,入锅加水、胡萝卜丝置火上烧开,转用小火慢熬成粥,加入精盐、味精、猪油、香菜末拌和即可。

【吃法】每日可吃 2~3 次,每次 1 小碗。

【功用】富有营养,强身健体。

罗宋粥

【原料】大米 50 克,胡萝卜 30 克,马铃薯 40 克,卷心菜叶 4 片,番茄 30 克,洋葱 20 克,牛绞肉 30 克,素鲜汤 300 克。

【制作】将大米洗净浸泡于清水中;胡萝卜、马铃薯去皮;番茄、洋葱洗净后均切成细丁;卷心菜叶洗净后切成细片。将所有原料以及牛绞肉全部放入焖烧锅中,加入清鲜汤和浸泡大米的水,煮沸 20 分钟。置烧锅中焖 30~60 分钟即成。

【吃法】每日可吃 2~3 次,每次 1 小碗。

【功用】富有营养,强身健体。

芹菜粥

【原料】大米 50 克,芹菜 100 克。

【制作】将芹菜连根洗净,加水熬煮,去渣取汁。将大米洗净后放入锅内,加入芹菜汁同煮,先用大火煮开,再用小火煮成粥即成。

【吃法】每日可吃 2~3 次,每次 1 小碗。适合生长发育旺盛的小儿食用。

【功用】清热利水。春季煮芹菜粥给小儿食用,还可预防麻疹等多发病。

山药粥

【原料】山药 50 克,大米 60 克,白糖适量。

【制作】大米洗净,用水浸泡后放入锅中煮开。将山药轧细过箩,和凉开水调入锅内,以筷子搅之煮成粥。食时可加入白糖调味。

【吃法】每日可吃 2~3 次,每次 1 小碗。

【功用】养阴补肾,强身健体。凡因肺阴不足、脾气虚弱而引起的痨热咳喘、大便溏薄、小便不利等羸弱虚损之症都可食用。

冬瓜粥

【原料】冬瓜 100 克,大米 50 克。

【制作】将冬瓜去子洗净,连皮切成小块;大米淘洗干净后放入清水内浸泡 1 小时。将大米和冬瓜放入锅内,加适量水,置火上煮开,转小火煮至粥黏。

【吃法】每日可吃 2~3 次,每次 1 小碗。

【功用】利尿化痰,清热解毒。尤其适用于幼儿的水肿、泄泻、疖肿、中暑、尿少、面赤。

苦瓜粥

【原料】苦瓜 100 克,大米 60 克,冰糖 100 克。

【制作】将苦瓜洗净,切成小块;大米淘洗干净备用。锅中加水烧开,加入大米、苦瓜煮粥,粥煮至半熟时,加入冰糖,糖溶化后即成。粥略有苦涩味,加入冰糖后即可去苦味。

【吃法】每日可吃 2~3 次,每次 1 小碗。

【功用】解热解暑,养阴健胃。尤其适用于夏季热症和烦渴不止、少食多饮或伴有目赤、尿短患儿。

莲藕粥

【原料】老藕 250 克,大米 100 克,白糖 60 克。

【制作】将藕刮净,切成薄片,再将大米淘洗好,两者同下锅加水煮成粥,将熟时调入白糖,煮熟即成。

【吃法】每日可吃 2~3 次,每次 1 小碗。

【功用】清热生津,凉血止血。尤其适用于小儿脾虚久泻、便中带血。

丝瓜叶粥

【原料】丝瓜叶 1 把,大米 50 克。

【制作】将丝瓜叶放入锅内加适量水煮开片刻,然后滤去渣,取其汁液。将丝瓜的汁液、糯米一同放入锅内,置大火上煮开,再转小火煮至粥黏即可。

【吃法】每日可吃 2~3 次,每次 1 小碗。泄泻小儿忌用。

【功用】清热解毒。尤其适用于幼儿热疖、夏季热,预防中

暑、尿少、面赤,每日1次。

糯米百合粥

【原料】 百合30~60克,糯米适量。

【制作】 百合、糯米共入锅,加水煮粥,煮熟时调入红糖。

【吃法】 每日1次。早、晚温热服食,连用7~10日。

【功用】 补中益气,健脾养胃,养心安神。尤其适用于小儿胃脘疼痛,心烦不眠者。

芥菜粥

【原料】 鲜芥菜200克,大米50克。

【制作】 鲜芥菜洗净切碎,和大米加水煮成粥。

【吃法】 早、晚或晚餐食用。

【功用】 宣肺豁痰,温中利气。尤其适用于小儿寒饮内盛,咳嗽,痰多稀白,胸膈满闷者。

黄瓜粥

【原料】 黄瓜50克,大米100克。

【制作】 将黄瓜洗净切片。大米淘洗干净,放入锅中,加水按常法煮粥,待粥快熟时加入黄瓜片,稍煮即成。

【吃法】 早、晚或晚餐食用。

【功用】清热解毒。

香菇粥 ❧

【原料】小米 50 克,香菇 50 克。

【制作】先加水煮小米或粥,取其汤液与香菇同煮。

【吃法】日服 3 次,连续服用有效。

【功用】开胃助食。用于儿童食欲不振,营养不良者。

油菜粥 ❧

【原料】油菜叶 100 克,大米 100 克。

【制作】将鲜油菜叶洗净切碎;另将淘洗干净的大米入锅,加水 1000 克,用旺火烧开后转用小火熬煮成稀粥,加入油菜叶稍煮即成。

【吃法】每日早、晚温热顿服。

【功用】行血祛瘀,消肿散结,调中下气。用于儿童脾胃不和,食滞不下及胃气上逆的嗳气、呃逆。

胡萝卜玉米面粥 ❧

【原料】玉米面 100 克,胡萝卜 3 ~ 5 根。

【制作】将玉米面加水煮 15 分钟,后将胡萝卜洗净切片,放入玉米面中煮至胡萝卜熟。

【吃法】早、晚或晚餐食用。

【功用】消食化滞,健脾止痢。用于儿童消化不良,食积腹痛,久泄久痢者。

豆浆土豆大麦粥 ༄

【原料】豆浆200克,土豆100克,大麦仁100克,精盐、葱花、麻油各适量。

【制作】大麦仁洗净,加水煮沸,加入去皮的土豆丁,继续用小火煮成极稠粥,加入豆浆、精盐,小火煮3～5分钟,加葱花搅匀,淋上麻油即成。

【吃法】早、晚或晚餐食用。

【功用】健脾补肾,养血宽中。用于儿童肥胖等。

豆浆海带粥 ༄

【原料】豆浆200克,大米100克,海带50克,精盐、味精各适量。

【制作】海带洗净,晒干或烘干,研粉。大米洗净入锅,加水煮成稠粥,加入豆浆搅匀,煮沸3～5分钟,加入海带粉拌匀,加精盐、味精调味即成。

【吃法】早餐食用。

【功用】利水化痰,泄热补虚。用于儿童肥胖等。

黄花菜肉粥 ❧❦

【原料】鲜黄花菜5朵,瘦猪肉末50克,精盐5克,味精2克,水发黑木耳50克,麻油25克,糯米100克。

【制作】新鲜黄花菜洗净,用沸水煮透捞起待用;水发黑木耳切成丝。糯米淘洗干净入锅,加水1 000克置火上烧开,转小火熬煮,待米粒煮开花时加入猪肉末、黄花菜、水发黑木耳、精盐、味精、麻油,继续稍煮即成。

【吃法】早、晚或晚餐食用。

【功用】清热明目,健脑提神。用于增强小儿学习记忆能力。

荠菜绿豆粥 ❧❦

【原料】鲜荠菜60克(干品30克),绿豆60克,大米50克。

【制作】将绿豆、大米淘洗干净,入锅,加适量水,用小火煮成稠粥。八成熟时,加入洗净、切碎的鲜荠菜(干品切碎后布包入锅),待粥稠黏即成。

【吃法】上、下午分食。

【功用】疏肝清火,解暑安神,健脑益智。用于增强小儿学习记忆能力。

茼蒿粥 ❧❦

【原料】茼蒿200克,冰糖100克,大米100克。

【制作】茼蒿洗净切碎。再将大米淘洗干净,放入锅中,加水1 000克,置火上烧开,加入茼蒿菜、冰糖熬煮成粥。

【吃法】早、晚或晚餐食用。

【功用】健脑益智。用于增强小儿学习记忆能力。

黄瓜生姜粥

【原料】鲜嫩黄瓜300克,生姜10克,精盐2克,大米100克。

【制作】将黄瓜洗净,去皮去心,切成薄片,备用。生姜洗净拍破,与淘洗干净的大米一同入锅,加水1 000克,用旺火烧开后转用小火熬煮成稀粥,加入黄瓜片和精盐,稍煮即成。

【吃法】日服2次,温热食用。

【功用】健脾养胃,清热利湿。用于儿童消化不良等。

黄豆芽粥

【原料】黄豆芽100克,大米100克。

【制作】将黄豆芽与大米淘洗干净,一同放入沙锅中,加水1 000克,用旺火烧开后转用小火熬煮成稀粥。

【吃法】早、晚或晚餐食用。

【功用】清热解毒,利小便。

大蒜粥 ❦

【原料】 紫皮大蒜 50 克,白糖 100 克,糯米 100 克。

【制作】 将大蒜剥皮待用;糯米淘洗干净后放入锅中,加水 1 000 克和大蒜瓣,置火上烧开后转用小火熬煮成粥,调入白糖。

【吃法】 每日早、晚分次食用。

【功用】 降压,止痢,抗结核,止咳祛痰。用于儿童骨骼发育不全等。

丝瓜粥 ❦

【原料】 鲜丝瓜 1 条,大米 50 克,白糖适量。

【制作】 将丝瓜去皮洗净,切成长段。大米淘洗干净,放入沙锅内,加水适量,用旺火烧开后转用小火煮至半熟,加入鲜丝瓜,待粥熟时去丝瓜,加入白糖调味即成。

【吃法】 早、晚或晚餐食用。

【功用】 清热解毒,凉血通络,止咳平喘。用于儿童骨骼发育不全等。

苜蓿粥 ❦

【原料】 苜蓿 200 克,大米 100 克,猪油、精盐、味精各适量。

【制作】 将苜蓿洗净,切成碎段,猪油下锅,放入苜蓿炒散,加

精盐和味精炒入味,备用;将大米淘洗干净入锅,加水 1 000 克,用旺火烧开后转用小火熬煮成稀粥,调入苜蓿即成。

【吃法】每日温热食用。

【功用】清脾胃,利大小肠。用于儿童骨骼发育不全等。

百合粥

【原料】百合 10 克,大米 30 克。

【制作】百合、大米加适量清水煮粥食用。

【吃法】早、晚或晚餐食用。少数病人服用百合出现过敏反应。百合质润甘寒,不可用于风寒咳嗽、脾虚痰多、肺虚寒咳、大便溏泄者。新起之咳也不宜用本品。民间有用百合作为补品清凉润肺的习惯。但应正确选择服用时间和病人。春天潮湿天气及暑湿、严寒均不宜用。秋燥之时可用本品润燥清肺,但素体湿盛、咳嗽痰多、脾虚纳差之人不宜服用,以免增湿生痰,有害于身体。

【功用】补气养阴。用于小儿百日咳合并阴虚者。

马齿苋粥

【原料】马齿苋 30 克,山楂肉 15 克,大米 30 克。

【制作】前 2 味水煎 3 次,去渣取汁,以药汁煮大米为粥。

【吃法】不拘量服。

【功用】清热利湿。用于麻疹已退,但腹痛,里急后重,大便黏胨状,日数次至十数次者。

白菜心绿豆粥 ❧

【原料】白菜心 3 个,绿豆 100 克。

【制作】将绿豆洗净,加水适量,煮烂成粥时加入切细的白菜心,再煮 10~20 分钟。

【吃法】温服,每日 1 剂,分 2 次服完,连服 4~5 日。

【功用】清热解毒。用于小儿流行性腮腺炎。

茭白粥 ❧

【原料】茭白 100 克,大米 100 克。

【制作】将茭白洗净切细丝,加水煎取汁液,与淘洗干净的大米一同煮粥。

【吃法】早、晚或晚餐食用。肾病病人及泌尿系结石病人不宜服用。

【功用】解热毒,除烦渴,通二便。用于小儿夏季热。

葱蒜米粥 ❧

【原料】葱白 10 根,大蒜 3 瓣,粳米 100 克。

【制作】将葱白、大蒜分别洗净,与淘洗干净的粳米一同入锅,加水 1 000 克,先用大火烧开,再转用小火熬煮成稀粥。

【吃法】趁热食用,盖被出微汗,避风。

【功用】辛温解表,祛风开窍。适用于小儿风寒感冒。

香菜粥

【原料】鲜香菜10克,麦芽糖5克,粳米50克。

【制作】将香菜洗净,沥水,切成小段,与麦芽糖一同放入碗内;另将粳米淘洗干净入锅,加水500克,先用大火烧开,再转用小火熬煮粥,将米汤倒入放有香菜和麦芽糖的碗中,入锅,加盖,隔水蒸至麦芽糖溶化即成。

【吃法】趁热食用,盖被发微汗,避风,每晚1次,连服2~3日。

【功用】散风寒,解毒。适用于小儿受凉感冒。

冬瓜山药薏仁粥

【原料】冬瓜100克,薏苡仁50克,山药100克,大米100克。

【制作】冬瓜洗净、切碎,薏苡仁、山药、大米洗净,同入锅内加水适量煮至粥稠。

【吃法】早、晚或晚餐食用。

【功用】清肺化痰止咳。用于小儿咳嗽。

胡萝卜芹菜粥

【原料】胡萝卜10克,芹菜5克,番茄肉15克,猪油15克,精盐2克,味精1克,麻油10克,大米50克。

【制作】将番茄洗净,用开水烫一下,剥皮去子、瓤,切成小块;胡萝卜洗净切丝;芹菜洗净、沥水、切成末;再将大米淘洗干净,入锅,加500克水,用大火烧开后转用小火熬煮成稀粥,加入胡萝卜丝、芹菜末、番茄块、猪油,稍煮后,调入精盐、味精、麻油即成。

　　【吃法】晚餐食用。

　　【功用】滋阴养肝,清肝明目。用于小儿肝炎后期饮食量仍少,体质弱,大便秘结。

茄子粥

　　【原料】紫皮茄子、大米各适量。

　　【制作】紫皮茄子洗净后切碎,与米一同煮熟为粥食之。

　　【吃法】早、晚或晚餐食用。

　　【功用】清热解毒退黄。用于小儿黄疸型肝炎。

扁豆山药粥

　　【原料】炒扁豆60克,淮山药60克,大米50克,白糖适量。

　　【制作】以上前3味淘洗干净,一同放入沙锅中,加适量的水,用大火烧开后转用小火熬煮成稀粥,调入白糖。

　　【吃法】分数次食用。

　　【功用】健脾益胃。用于小儿营养不良。

山药粟米粥

【原料】山药 45 克(鲜品 100 克),粟米 50 克,白糖适量。

【制作】将山药洗净捣碎或切片,与淘洗干净的粟米一同入锅,加 500 克水,用大火烧开后转用小火熬煮成稀粥,加入白糖调味。

【吃法】空腹食用。

【功用】健脾止泄,消食导滞。用于小儿营养不良。

白萝卜红糖粥

【原料】白萝卜 1 个,大米 50 克,红糖适量。

【制作】将萝卜洗净切片,加水先煮 30 分钟,加入淘洗干净的大米,用大火烧开,再转用小火熬煮成稀粥,调入红糖。

【吃法】分数次食用。

【功用】开膈顺气,健胃。用于小儿营养不良。

山药薏苡仁粥

【原料】山药、薏苡仁、大米各 100 克。

【制作】把山药、薏苡仁同入锅内炒香至微黄,大米洗净后亦入锅内,煮粥至稠,咸甜随意调味。

【吃法】随意服食,连食数日。

【功用】健脾助运,消补兼施。用于小儿营养不良。

葱白粥

【原料】大米 30 克,葱白 7 根。

【制作】将米加水煮成粥,临稠时加葱白。

【吃法】早、晚或晚餐食用。食后覆被得微汗。

【功用】疏风利水。用于小儿急性肾炎水肿。

蚕豆花粥

【原料】鲜蚕豆花 10 克,冰糖 20 克,大米 50 克。

【制作】将蚕豆花洗净,放入沙锅中,加适量的水,用大火烧开,再转用小火煎 20 分钟,去渣取汁,与淘洗干净的大米一同煮至米烂汤稠,调入冰糖适量即成。

【吃法】每晚服 1 次,连服数日。

【功用】凉血止血,补中益气。用于小儿鼻出血。

菠菜粥

【原料】带根新鲜菠菜 150 克,大米 100 克。

【制作】将菠菜洗净后切碎,与大米同放入沙锅,加水煮至黏稠状即可。

【吃法】温热食用,每日早、晚分服。

【功用】补铁、生血、养血。

健儿水果粥

草莓麦片粥

【原料】麦片 50 克,草莓 3 个,白糖适量。

【制作】将水放入锅内烧开,下入麦片煮 2~3 分钟。把草莓洗净后用勺子背研碎,再加少许白糖均匀混合,然后放入麦片锅内,边煮边混合,煮片刻即成。

【吃法】每日可喂 1 次,每次小半碗。适合 5 个月以上婴儿食用。

【功用】富有营养,强身健体。

木瓜粥

【原料】糙米 50 克,木瓜 40 克,葡萄糖适量。

【制作】糙米泡水 6 小时以上,放入果汁机中加适量水,以瞬间打法先打 20 秒,再用快打 2 分钟后,让马达稍冷却一下,续打 2 分钟倒出,用滤网去渣取汁。将米汁放入锅内置火上以中、小火煮滚,注意要边煮边搅拌,以免烧糊。滚开后,加入少许葡萄糖,充分搅拌均匀。木瓜削皮去子切块,放入果汁机里打成浓汁,淋在米糊里即可食用。

【吃法】每日可喂 1 次,每次小半碗。

【功用】健脾消食。用于促进小儿生长。木瓜含丰富的蛋白分解酶,可帮助消化、防止便秘;糙米糊含有植物性纤维,能排除体内的毒素,亦可降低胆固醇。但需注意,只要是水果打出来的汁,均须马上食用,以免氧化,而木瓜汁尤其容易凝结。

苹果藕粉粥

【原料】藕粉、苹果各适量。

【制作】将藕粉和水调匀,苹果切成极度细的末待用(最好用小勺刮成苹果泥)。将藕粉倒入锅内,用微火慢慢熬煮,边煮边搅拌,直到熬至透明为止。在藕粉粥中加入切碎的苹果(或苹果泥)稍煮即成。制作时,苹果一定要洗净;另外,在熬煮藕粉时注意不要煳锅。

【吃法】每日可喂 1 次,每次小半碗。适合 5 个月以上婴儿食用。

【功用】富有营养,强身健体。

苹果草莓粥

【原料】苹果 1 个,草莓 1 个,大米 30 克,蜜糖或葡萄糖适量。

【制作】将苹果去皮去心,洗净切片;煮前浸于水中,以免氧化变锈色。草莓洗净切片。大米洗净,加入约 60 克水浸泡 0.5 小时后,倒入煲内煲滚;再用慢火煲 10 分钟,加入水果煮至水果熟,约需 5 分钟,熄火待冷。把煲内的米、水及水果放入搅拌机内搅烂,再倒回煲内继续煮成糊状,加入适量的蜜糖或葡萄糖,待温度适合时,便可喂食。

【吃法】每日可喂 1 次,每次小半碗。适合 5 个月以上婴儿食用。

【功用】富有营养,强身健体。

酥梨米粥

【原料】酥梨 30 克,糙米 50 克,麦粉 30 克,葡萄糖、精盐各适量。

【制作】糙米泡水 6 小时以上(天气热时,水中易出现泡沫,此时需换水浸泡,一般说来,夏天需换水 2～3 次),放入果汁机中加水打烂,滤渣取汁。将糙米汁放锅内置火上煮开,并边煮边搅,以免煳掉。将酥梨洗净,取果肉,放入果汁机中,再加麦粉及煮过的糙米汁,快打 2 分钟成为糊状后,倒入碗里,温度适合时,便可喂食。酥梨也可用婴儿牛奶来配打,成为酪梨牛奶。

【吃法】每日可喂 1 次,1 次小半碗。适合 6 个月左右婴儿食用。

【功用】富有营养,强身健体。

鲜桃麦片粥

【原料】麦片 100 克,牛奶 50 克,鲜桃 50 克,白糖适量。

【制作】将鲜桃洗净切碎;将麦片用适量水泡软,再将泡好的麦片连水倒入锅内,置火上烧开,煮 2~3 分钟后,加入牛奶,再煮 5~6 分钟,待麦片软烂、稀稠适度时,加入切碎的水果、白糖,稍煮一下,盛入碗内即可。

【吃法】每日可喂 1 次,每次小半碗。适合 4 个月以上婴儿食用。

【功用】富有营养,强身健体。

苹果番薯粥

【原料】苹果 30 克,番薯 25 克,大米 30 克,奶粉 20 克。

【制作】将大米洗净后放入水内浸泡片刻备用;苹果、番薯削皮后切成小薄丁;奶粉用冷开水化开。将大米、番薯一同放入锅中加水置火上以大火煮开,再转小火继续煮,待大米和番薯即将软烂时放入苹果丁,略煮片刻放入化开的奶粉,边搅边煮至翻滚数次,即可熄火。

【吃法】每日可喂 1~2 次,每次 1 小碗。适合 7 个月以上婴儿食用。要注意喂哺婴儿的小匙,金属的不太适宜,因为质硬、传热快,用塑料小匙较为适宜。测试食物温度的方法:母亲可以将少许粥放在自己的手背,便可感受其温度了。

【功用】富有营养,强身健体。用于断奶辅助食品。

西瓜西米粥

【原料】西瓜 100 克,西米露适量。

【制作】锅里放适量水煮开，将西米露放入，煮至涨大变软后熄火备用。西瓜洗净，擦干外皮的水分（避免生水进入），再切取6等份中的1片，去皮切块，放入果汁机中打烂，滤渣取汁。将西瓜汁放进碗里，捞起西米露放进西瓜汁里，即可食用。

【吃法】每日可喂2~3次，每次1小碗。适合10个月以上婴儿食用。

【功用】富有营养，强身健体。用于断奶辅助食品。

香蕉粥

【原料】香蕉150克，大米100克。

【制作】将香蕉去皮切片，大米洗净。先将大米放入锅内，加适量水，以大火煮沸后放香蕉片，再改用小火煮，米烂即可。

【吃法】每日可吃2~3次，每次1小碗。

【功用】富有营养，强身健体。香蕉是秋季常见的时令水果之一，其味甘性凉，养胃、大肠二经。本品对秋季燥邪所致的胃阴不足及咽干口渴、肠燥便秘、大便干结有较好的养阴润燥的治疗效果。孩子食用此粥，不仅能益肠胃，而且还能防止大便干结的发生。

注意：外感及热盛者忌用。

荸荠粥

【原料】荸荠250克，大米100克，白糖适量。

【制作】将荸荠削皮磨碎,去渣取汁,大米洗净放入水内浸泡。将大米放入锅内置中火上煮开,加入荸荠汁后改小火煮至粥成,食时用白糖调味。

【吃法】每日可吃 2~3 次,每次 1 小碗。

【功用】清热解毒,利尿清热。尤其适用于热毒、多痰或有食积的幼儿。

草莓绿豆粥

【原料】糯米 250 克,绿豆 100 克,草莓 250 克,白糖适量。

【制作】绿豆挑去杂质,淘洗干净,用清水浸泡 4 小时;草莓择洗干净。糯米淘洗干净,与泡好的绿豆一并放入锅内,加入适量水,用大火烧沸后,转微火煮至米粒开花、绿豆酥烂,加入草莓、白糖搅匀,稍煮一会儿即成。

【吃法】每日可吃 2~3 次,每次 1 小碗。

【功用】富有营养,强身健体。

番茄香蕉粥

【原料】番茄 30 克,香蕉 30 克,酸奶 50 克,大米 50 克。

【制作】将番茄用水烫一下,然后去皮去瓤,捣碎并过滤;将香蕉去皮后捣碎并过滤。将捣碎的番茄与香蕉和在一起。将酸奶倒在捣碎的番茄和香蕉上备用。将大米洗净放入锅内,加适量水置于火上煮粥,待粥成后,将番茄香蕉泥放入粥面上

即成。

【吃法】每日可吃 2~3 次，每次 1 小碗。酸奶易消化吸收，适合婴儿食用；番茄中的番茄红素能增加对疾病的抵抗力；香蕉有助于改善便秘症状。这道粥品能有效改善婴儿便秘症状，大便干结的婴儿可尝试食用此粥。

【功用】富有营养，强身健体。

甘蔗粥

【原料】新鲜甘蔗 500 克，大米 50 克。

【制作】将大米淘洗干净后放入水中浸泡 1 小时，甘蔗去皮捣碎取汁。锅内放入大米和甘蔗汁并酌量加水，置火上熬煮，煮至粥黏时即可停火，趁温食用。

【吃法】每日可吃 2~3 次，每次 1 小碗。

【功用】清热生津润燥。尤其适用于幼儿发热后津少、反胃、呕吐、咳嗽无痰、咽喉肿痛、大便干结。

桑葚粥

【原料】鲜紫桑葚 30 克，糯米(或大米)50 克，冰糖适量。

【制作】将桑葚洗净后备用；糯米淘洗干净后加适量水煮粥，粥沸后加入桑葚，粥将成时加入冰糖。

【吃法】每日服 2 次，每次 1 小碗。

【功用】补血滋阴，生津止渴，润肠通便。

葡萄猕猴桃粥 ❧

【原料】大米 50 克,鸡蛋 1 个,葡萄干 20 克,猕猴桃 30 克,草莓 3 颗,白糖 20 克,淀粉 20 克。

【制作】将大米洗净,放入水中浸泡 1 小时;葡萄干、草莓洗净,猕猴桃去皮。锅内加适量水,放入大米置火上煮粥,蛋打散,慢慢淋入将熟的粥内,待粥黏即熄火。食用时加入葡萄干、猕猴桃和草莓即成。

【吃法】每日可吃 2～3 次,每次 1 小碗。鲜艳的水果较易吸引幼儿的注意力,将水果制成泥状或切成小粒,配合粥品食用时,需注意将果子、果核去除干净,以免呛堵住气管。

【功用】富有营养,强身健体。

橘饼粥 ❧

【原料】蜜饯橘饼 1 个,大米 50 克。

【制作】用水如常法煮米熬粥,水沸后将橘饼切成细末入粥中,继续熬至粥融。

【吃法】早餐食用。

【功用】健脾,理气,消食。用于小儿消化不良等。

锅巴山楂橘饼粥 ❧

【原料】饭锅巴 150 克,山楂 10 片,橘饼 30 克,白糖 100 克。

【制作】将饭锅巴放入锅内，加水 800 克左右，上火烧开，加白糖以及切成碎米粒状的山楂片和橘饼，煮烂成粥即可。

【吃法】温服，每日 1 次，连服 2~3 日。

【功用】补气健脾，消食止泻。用于婴幼儿消化不良，食积腹痛，脾虚久泻。

无花果粥

【原料】无花果粉 20 克，大米 50 克。

【制作】秋季采收无花果实，放开水中略烫后，取出晒干，研成细粉；大米加水煮作稀粥，待粥将成时，调入无花果粉，改用小火稍煮片刻。

【吃法】早、晚或晚餐食用。平素有脾胃湿热、胸闷、苔厚者不宜服食，或外感发热者应停食。

【功用】开胃止泻，消肿止痛。用于儿童消化不良，久泻不止，慢性肠炎，痢疾，咽喉肿痛等。

山楂粥

【原料】山楂 10~15 克，大米 50 克，白糖适量。

【制作】将山楂炒至棕黄色，加温水浸泡片刻，煎取浓汁约150 毫升，再加水 400 毫升左右，入大米、白糖，煮至米花汤稠为度。

【吃法】早、晚 2 次，温热服食。

【功用】消食导滞,活血化瘀。用于儿童食积停滞,油腻内积。

苹果大枣粥 ❧

【原料】苹果 250 克,大枣 15 枚,糯米 100 克,红糖 20 克。

【制作】苹果洗净切碎捣烂,与洗净的大枣一同放入沙锅中,加适量水,煎取汁液两次,合并后用洁净纱布过滤取汁备用。糯米淘洗干净后放入沙锅中,加适量水,用大火烧开后转用小火煮粥至稠,调入苹果大枣汁,加入红糖调味,再次煮沸即成。

【吃法】早、晚或晚餐食用。

【功用】健脑益智,养心益脾。用于增强学习记忆能力。

菱角糯米粥 ❧

【原料】菱角 500 克,红糖 100 克,糯米 100 克。

【制作】将菱角煮熟,去壳取肉,切碎;另将糯米淘洗干净入锅,加水 1 000 克,用旺火烧至米粒开花时加入菱角,再转用小火熬煮成粥,加入红糖调味即成。

【吃法】早餐食用。

【功用】解热利湿。用于脓疱疮。

荔枝大枣粥

【原料】荔枝 5~7 个,大枣 5 枚,大米 50 克。

【制作】将荔枝去壳,大枣洗净,与淘洗干净的大米一同放入沙锅中,加水 500 克,煮至粥的表面有粥油即成。

【吃法】每日温热食用。

【功用】益气生津,补肺宁心,健脾开胃,行气止痛。用于口臭、牙痛等。

山楂红糖粥

【原料】鲜山楂 50 克,大米 100 克,红糖适量。

【制作】将山楂洗净去核,切成小丁,加糖渍半小时,然后与淘洗干净的大米一同放入沙锅中,加水适量,用旺火烧开后转用小火熬成粥,食前调入红糖。

【吃法】早、晚或晚餐食用。

【功用】活血消瘀。

木瓜薏苡仁粥

【原料】木瓜 10 克,薏苡仁 30 克,白糖 10 克。

【制作】将木瓜、薏苡仁洗干净,入锅,加水 400 克,用小火炖煮至薏苡仁酥烂时加入白糖,再煮片刻即成。

【吃法】早、晚或晚餐食用。

【功用】利湿通络。

玫瑰樱桃粥 ✺

【原料】白玫瑰花 5 朵,樱桃 50 克,白糖 100 克,糯米 100 克。

【制作】将未全开放的玫瑰花采下,轻轻撕下花瓣,用水洗净;将糯米淘洗干净入锅,加水 1 000 克,用旺火烧开后转用小火熬煮成稀粥,加入玫瑰花、樱桃、白糖,稍煮即成。

【吃法】每日分数次食用。

【功用】利气行血,散瘀止痛。

梨子蚱蜢粥 ✺

【原料】大梨子 1 个,蚱蜢 10 个,大米 100 克。

【制作】将蚱蜢焙干,研细;梨子切片,与淘洗干净的大米一同入锅,加 500 克水,用大火烧开后转用小火熬煮成稀粥。

【吃法】日服 2 次,3~5 天为 1 个疗程。过敏体质者慎食。

【功用】清肺,泄热,化痰。用于百日咳痉咳期。

橘皮粥 ✺

【原料】橘皮 3~5 克,大米 50 克。

【制作】将橘皮晒干,碾炒成细末,取大米加水放入沙锅内,

煮成稀粥,放入橘皮末稍煮片刻,待粥稠即成。

【吃法】每日早、晚服食,5 天为 1 个疗程。

【功用】理气,消积导滞。用于脾胃气滞所致伤食之小儿呕吐。

西瓜皮绿豆粥

【原料】西瓜皮 100 克,绿豆 10 克,粟米 20 克。

【制作】西瓜皮切丁。锅中加水,放入绿豆,煮沸,泼冷水,再煮沸,放入西瓜皮和粟米,一同煮成粥。

【吃法】早、晚分食。

【功用】清热解暑,利湿减肥。用于小儿肥胖病。

苹果麦片粥

【原料】燕麦片 50 克,牛奶 150 克,苹果 30 克,胡萝卜 25 克。

【制作】将苹果和胡萝卜洗净,并用擦菜板擦好。将燕麦片及擦好的 10 克胡萝卜放入锅中,倒入牛奶及 50 克水,用小火煮。煮开后再放入 20 克擦好的苹果直至煮烂。

【吃法】每日可吃 2～3 次,每次 1 小碗。燕麦片中含有丰富的糖类、维生素 B 和维生素 E,煮成粥后很可口,但燕麦中缺少维生素 A 和维生素 C,无机盐也不多,尤其是钙,煮熟后维生素和无机盐更少。如果配合牛奶、苹果和胡萝卜,就弥补了这些营养素不足,加之它的美味可口,孩子很爱吃,既大饱口福,又防止营养过剩。

【功用】助消化,健脾胃,防肥胖。用于预防小儿肥胖病。

苹果大枣粥

【原料】苹果 250 克,大枣 15 只,糯米 150 克,红糖 20 克。

【制作】将苹果和大枣分别洗净,苹果连皮带核切碎,捣烂后与大枣一起放入锅中,加入适量的水,浓煎 2 次,每次 30 分钟,以洁净纱布过滤,合并 2 次滤汁。将糯米淘洗干净后,倒入沙锅中,加入适量的水,大火煮沸后,改用小火煨煮至糯米花烂、汤稠,投入苹果、大枣泥汁和红糖,小火煨煮至沸即成。

【吃法】早、晚或晚餐食用。

【功用】补钙壮骨。

桑葚糯米粥

【原料】桑葚 30 克,血糯米(或大米)50 克,藕粉 30 克,红糖 30 克。

【制作】将桑葚去柄,入水浸泡约 20 分钟后加入淘洗干净的血糯米(或大米),加水 1 000 克,煮至粥稠时,调入藕粉煮至粥成,再加红糖调匀即可。

【吃法】早、晚空腹分服。

【功用】补铁,生血,养血。

荔枝大枣粥

【原料】去壳带核的荔枝 7 只,大枣 5 只,大米 100 克。

【制作】将荔枝、大枣和淘洗干净的大米一同放入沙锅内,加水 500 克,置火上煮至汤稠,表面有油即成。

【吃法】早、晚或晚餐食用。

【功用】补锌强身。

苹果粥

【原料】苹果半个,糯米 50 克,白糖适量。

【制作】将糯米洗净后放入水中浸泡,备用;苹果去皮洗净,切成小块。将糯米与泡米水一同放入锅内,置火上煮至七成熟时,放入苹果块,煮至粥成即可。食时加入少许糖。在制作时为防止苹果变色,切好的苹果块可先放入淡盐水中浸泡。

【吃法】每日可吃 2～3 次,每次 1 小碗。

【功用】益气生津,润肺开胃,缓解便秘。

健儿干果粥

白果粥

【原料】大米 50 克,白果 30 克,腐竹 10 克,麦片 5 克,酱油 2 克,精盐适量。

【制作】将米洗净,用少许盐拌匀;白果去壳,切开,去掉果中白心;腐竹用温开水泡软,用刀剁碎。将适量水放入锅内,用大火煮沸后,放入米、白果和腐竹同煮,煮半小时后,用净纱布包住麦片,放进粥锅内再煮半小时,米烂后,取出麦片渣包即成。要点:米和腐竹都要煮烂,以利婴儿食用。

【吃法】每日可喂 1 次,每次小半碗。适合 6 个月的婴儿食用。

【功用】富有营养,强身健体。

薏苡仁山楂粥

【原料】薏苡仁 25 克,山楂糕片 15 克,冰糖 50 克。

【制作】将薏苡仁用温水洗净,放入碗内,加入水(以漫过薏苡仁为度),上笼蒸熟,取出备用;山楂糕片切丁备用。锅置火上,加入水 250 克, 放入冰糖, 待糖溶化、汁浓时, 倒入薏苡仁、山楂丁, 待其漂在汤面上即成。

【吃法】每日可喂 1 次, 每次小半碗。适合 4 个月以上婴儿食用。

【功用】清热生津, 强身健体。用于婴儿辅食, 促进小儿生长。非常适合婴儿夏季食用, 尤其对夏季幼儿腹泻、消化不良等症较为适宜。

胡萝卜蜜枣粥

【原料】胡萝卜 50 克, 蜜枣 2 个, 大米 50 克, 牛奶适量。

【制作】将胡萝卜去皮, 洗净切片; 蜜枣洗净。把适量的水煲滚, 放入蜜枣、胡萝卜, 煲滚后慢火再煲 1 小时便出味, 去渣留汁水。把胡萝卜水放入锅内, 加入大米, 先用大火煮滚后再用小火煮成粥, 最后在粥中加入牛奶煮开后即可。

【吃法】每日可喂 1 次, 每次小半碗。适合 4 个月以上婴儿食用。给 4 个月以上婴儿喂粥时, 第一天先喂 10 克, 过二三小时后, 补充一些牛奶; 第二天再酌量增加, 以此类推, 直至婴儿可以吃完 1 碗粥。注意婴儿吃不下时, 不可勉强, 且喂食几次后, 大概可测出婴儿食量, 宜控制在七八分饱。

【功用】宽中行气, 健胃消食。

山楂干粥

【原料】大米 50 克, 山楂干片 30 克, 白糖适量。

【制作】将山楂片用凉水快速洗净,除去浮灰,放入盆内。将开水沏入盆内,盖上盖闷上,至水温下降至微温时,把山楂水盛入盆中备用。将大米洗净放入锅内,加入山楂水一起煮成粥,食时加入白糖调味。

【吃法】每日可喂1次,每次小半碗。适合5个月以上婴儿食用。

【功用】富有营养,强身健体。

坚果红薯粥

【原料】多种坚果(核桃、杏仁果、南瓜子、葡萄干等)40克,红薯1个(小的),糙米30克。

【制作】坚果水泡30分钟,放入果汁机内加半杯冷开水打烂,滤渣取汁。红薯洗净、削皮、切成小块。糙米水泡6小时以上,与红薯一同放进蒸锅,蒸至软烂为止。蒸熟的红薯糙米饭,与坚果汁水一起放入搅拌机中打烂后,倒入锅里,移至火上煮开(要不断搅动,以免烧煳),熄火待温即可食用。

【吃法】每日可喂1~2次,每次1小碗。适合7个月以上婴儿食用。坚果具有润肠通便的作用,核桃有补脑的功效,而红薯本身更富含胡萝卜素、钙质、纤维等营养素,可帮助肠胃的蠕动。对便秘的婴儿来说,是很适合的一道饮食,但坚果不可过多,以免造成肥胖,亦不可吃过饱,仅以七分饱为准。

【功用】富有营养,强身健体。用于断奶辅助食品。

栗子粥

【原料】大米 30 克,栗子 5 个,海带鲜汤 150 克。

【制作】将栗子煮熟之后去皮,捣碎。大米洗净后放入海带鲜汤一起煮沸后加栗子同煮至烂软即成。栗子要剥净内外皮,切碎煮烂,再与大米粥混合同煮。

【吃法】每日可喂 1~2 次,每次 1 小碗。含有丰富蛋白质、糖类、胡萝卜素及维生素 B_1、维生素 B_2、维生素 C 和烟酸等多种营养素,有助于促进小儿生长。栗子煮粥可增强婴儿肠胃功能,有助于消化。并可用于婴儿腹泻、脚软无力及口角炎、舌炎、唇炎、阴囊炎等维生素 B_2 缺乏症。

【功用】富有营养,强身健体。用于断奶辅助食品。

百合莲子粥

【原料】百合 50 克,莲子(带芯)30 克,糯米 100 克,红糖适量。

【制作】将百合、莲子、糯米洗净,分别放入水中浸泡 1 小时。将洗净的百合、莲子一同放入锅中,加水适量,与糯米同煮成粥,粥成后加红糖煮沸即可。

【吃法】每日可喂 2~3 次,每次 1 小碗。注意百合、莲子和糯米都要煮烂,使粥细腻软烂。

【功用】润肺止咳,清心安神。适用于减少婴儿夜间啼哭。

木耳大枣粥

【原料】黑木耳 30 克,大米 100 克,大枣 50 枚,冰糖适量。

【制作】将木耳用凉水浸泡半天,捞出洗净切碎;大米洗净后放入水内浸泡;大枣洗净泡软,去皮,切成碎片。将所有原料放入锅内加适量水同煮为粥,加入冰糖,糖化即成。

【吃法】每日可喂 2~3 次,每次 1 小碗。

【功用】凉血止血,润肺益胃,利肠道。用于防止血热所致鼻出血、大便出血。

干果绿豆粥

【原料】小米 50 克,大米 30 克,绿豆 30 克,花生米 25 克,大枣 20 克,核桃仁 10 克,葡萄干 20 克,红糖或白糖适量。

【制作】将小米、大米、绿豆、花生米、核桃仁、大枣、葡萄干分别淘洗干净。将绿豆放入锅内,加少量水,煮至七成熟时,向锅内加入开水,下入大米、小米、花生米、核桃仁、大枣、葡萄干,搅拌均匀,开锅后转用微火熬至烂熟,加入红糖或白糖,稍熬一下即成。

【吃法】每日可吃 2~3 次,每次 1 小碗。

【功用】富有营养,强身健体。

核桃大枣粥

【原料】糯米 50 克,核桃 5 个,大枣 3 个,精盐适量。

【制作】将核桃砸开,把仁取出,泡在水里,将其薄皮剥去并捣碎。将大枣去核并用水浸泡后捣碎。将核桃、大枣、糯米加适量水放在小锅里煮,煮好后用盐调味。

【吃法】每日可吃2~3次,每次1小碗。

【功用】富有营养,乌发健体。有些一两岁的小孩子,身体各方面都长得不错,唯独头发生得黄而稀少,可以尝试用核桃粥给孩子进行食疗。

栗子豆粥

【原料】赤小豆、芸豆、大麦米、小米、大米各30克,栗子50克。

【制作】将赤小豆、芸豆、大麦米、小米、大米洗净后放入锅内,加水适量,置火上煮开,再加入栗子一起煮,煮开后变小火煮至烂熟即可。

【吃法】每日可吃2~3次,每次1小碗。

【功用】富有营养,强身健体。本粥将多种谷物一起煮成粥给小孩子食用,有利于膳食的平衡。在制作时需注意火候,只有小火长时间地慢熬,谷物才会烂熟、软香。

桂圆粥

【原料】糯米50克,桂圆肉20克,白糖5克。

【制作】将糯米淘洗干净后,水中浸泡2小时后沥净水备用。

桂圆用水稍洗一下。取一深锅注水适量,再倒入糯米及桂圆肉同熬煮至粥浓稠,再加入白糖,续滚片刻熄火,略闷 10 分钟即成。

【吃法】每日可吃 2~3 次,每次 1 小碗。

【功用】宁心安神,强身健体。

莲子锅巴粥

【原料】莲子 50 克(去芯),锅巴适量,白糖适量。

【制作】锅内加水,下入莲子,锅巴同煮至稀粥状,加适量白糖调味,即可食用。锅巴要焦黄,不可焦黑,否则不好吃。

【吃法】每日可吃 2~3 次,每次 1 小碗。

【功用】补脾消食,止泻。尤其适用于小儿脾虚泄泻、久痢、面色萎黄、手足不温、便下不消化等症,营养不良患儿也可选食此粥。

蜜枣绿豆粥

【原料】蜜枣 10 枚,绿豆 30 克,大米 50 克。

【制作】将大米、绿豆分别洗净后放入水中浸泡 1 小时。将大米、蜜枣与绿豆一同放入锅内,加适量水置中火上煮开,再转成小火煮成粥食用。

【吃法】每日可吃 2~3 次,每次 1 小碗。

【功用】清热解毒。尤其适用于幼儿因烦热而产生痱子者。夏季幼儿肠胃不好时也可用此粥来补充水分和营养。

山药莲子粥

【原料】山药 10 克,莲子 10 克,大米 50 克。

【制作】将大米洗净,放水中浸泡 1 小时。将大米和山药、莲子一同放入锅中加适量水煮成粥。

【吃法】每日可吃 2~3 次,每次 1 小碗。

【功用】健脾养胃,养阴补血,清热解毒。用于促进小儿生长。尤其适用于发育不良的幼儿。

山药芡实薏苡仁粥

【原料】山药 50 克,薏苡仁 50 克,芡实 25 克,糯米 50 克,鸡蛋 1 个。

【制作】将山药洗净切成小块,芡实研成细末,薏苡仁、糯米分别淘净放入水中浸泡 1 小时。将鸡蛋煮熟后,取蛋黄捣碎。将山药、薏苡仁、芡实、糯米一同放入锅内置火上熬煮,待粥将熟时,放入捣碎的熟蛋黄,调匀服食。

【吃法】每日可吃 2~3 次,每次 1 小碗。

【功用】养阴益智,健脾开胃,利尿安神。此粥对于肠胃不适、积食不化、内热燥心的小儿有食疗功效。

小麦大枣粥

【原料】小麦 60 克,大米 100 克,大枣 5 个。

【制作】小麦洗净,加水煮熟,捞去小麦取汁备用;大枣洗净去核、切成小粒;大米洗净放入水中浸泡2小时捞出备用。在小麦汁中放入大米、大枣同煮成粥,热食。

【吃法】每日可吃2~3次,每次1小碗。

【功用】补气养血,补虚止汗。

葡萄干粥

【原料】葡萄干30克,大米100克,白糖适量。

【制作】将葡萄干去杂,用水略泡,然后冲洗干净,切碎;大米用水淘洗干净。锅置火上,放入适量水,加入葡萄干、大米,先用大火煮沸,再改用小火煮成粥,用白糖调味,搅匀后即可出锅。

【吃法】随量食用。

【功用】富有营养,强身健体。

大米榛仁粥

【原料】榛子仁30克,枸杞子15克,大米50~100克。

【制作】将榛子仁捣碎,与枸杞子一起入锅,加水适量,同煎取汁,后入大米煮成粥。

【吃法】佐餐食用,空腹食。

【功用】养肝益肾,明目。

橄榄粥

【原料】橄榄肉 10 个,大米 50 克,白糖适量。

【制作】将橄榄肉洗净。大米洗净。沙锅置火上,放入水、大米煮沸,加入橄榄,用小火煮至成粥,调入白糖即成。

【吃法】早、晚或晚餐食用。

【功用】清肺利咽,生津止渴,清热解毒,开胃健脾。

桂圆大枣粥

【原料】桂圆肉 10 克,大枣 5 个,大米 100 克。

【制作】将大米洗净、大枣去核,备用。桂圆肉、大枣、大米同放入锅内,加水,同煮 1.5 小时,喜甜食者,可加少许红糖。

【吃法】早、晚或晚餐食用。

【功用】滋补强壮,安神补血。

桂圆桑葚粥

【原料】桂圆肉 15 克,桑葚 30 克,糯米 100 克,蜂蜜适量。

【制作】将桂圆肉与桑葚一同入锅,加水煎成药汁,去渣,入糯米煮粥,粥成调入蜂蜜即成。

【吃法】早、晚或晚餐食用。

【功用】补益心脾,养血美容。

核桃仁枣楂粥

【原料】核桃仁 25 克,大枣 6 个,山楂 5 个,粟米 100 克,红糖适量。

【制作】将粟米淘洗干净待用。锅内加入粟米、核桃仁、大枣、山楂,再加入适量水,旺火烧开,小火熬熟即可。

【吃法】早、晚或晚餐食用。

【功用】补虚润肠。

酒酿大枣粥

【原料】大枣 50 克,甜酒酿 100 克,西米 100 克,鸡蛋 1 个,桂花糖 10 克,红糖 50 克。

【制作】将大枣去核、洗净、切丝,鸡蛋去壳,置碗内打散,西米用水浸泡。水上锅烧开,加入甜酒酿、大枣、红糖、西米烧煮成稀粥,淋上打散的鸡蛋,洒上桂花糖即成。

【吃法】早、晚或晚餐食用。

【功用】益气生津,活血行经。

大枣南瓜粥

【原料】大枣 500 克,过冬南瓜 600 克,红糖 100 克。

【制作】将南瓜、大枣分别洗净,与红糖一同入锅,加水适量,

煮熟即成。

　　【吃法】早、晚或晚餐食用。

　　【功用】补虚益肺,止喘抗过敏。

桂圆莲子粥

　　【原料】桂圆肉 10 克,莲子肉 50 克,大米 80 克,冰糖 30 克。

　　【制作】将去芯莲子及桂圆肉加水略煎后,加冰糖溶化,再加淘净大米煮熬成粥。

　　【吃法】早、晚或晚餐食用。

　　【功用】补益心脾,养心安神,固肾强精,增强记忆,防病强身。

花生大枣黑米粥

　　【原料】大枣 5 枚,黑米 50 克,红衣花生仁 15 克,白糖适量。

　　【制作】将大枣、黑米、花生仁分别洗净,一同入锅,加水适量,用旺火烧开,再转用小火熬煮成稀粥,调入白糖即成。

　　【吃法】早、晚或晚餐食用。

　　【功用】滋阴养肾,养血生血。

花生粥

　　【原料】花生 50 克(连衣用),大米 100 克,冰糖 15 克。

　　【制作】将花生用温水浸泡后取出。大米淘洗干净。沙锅置火上,放入水、花生仁、大米,用旺火煮沸后,改用小火煮至粥将成,加入冰糖略煮即成。

【吃法】 早、晚或晚餐食用。

【功用】 补益脾胃,润肺止咳。

莲子芡实粥

【原料】 莲子50克,芡实50克,鲜荷叶1张,桂花卤10克,白糖50克,糯米100克。

【制作】 将莲子去芯,荷叶洗刷干净,开水烫过。再将糯米淘洗干净放入锅中,加入莲子、芡实和水1500克,置旺火上烧开,转用小火煮成粥,离火后用鲜荷叶盖上,5分钟后去荷叶,加入白糖、桂花卤即成。

【吃法】 早、晚或晚餐食用。

【功用】 镇静安神,补中益气。

枣莲三宝粥

【原料】 大米100克,绿豆、通心莲各20克,大枣30克,白糖100克。

【制作】 将大米与绿豆淘洗干净,一起放入锅内,加水1000克,用旺火烧开后,加入洗净的大枣、莲子,改用小火再煮30分钟,至粥黏、莲子和绿豆酥烂软糯时,加入白糖煮开片刻,分盛小碗即成。

【吃法】 早、晚或晚餐食用。

【功用】补脾和胃,补肾固精,清暑解毒。

花生山药粥

【原料】花生50克(不去红衣),山药30克,大米100克,冰糖屑15克。

【制作】将花生及山药捣碎,再与大米一同放入锅中,加水一同煮粥,待粥稠时调入冰糖屑即成。

【吃法】早、晚或晚餐食用。

【功用】益气养血,健脾润肺,固肾生血。

番茄大枣粥

【原料】大米100克,番茄250克,大枣100克,冰糖适量。

【制作】大米、大枣洗净,加适量水共煮粥;待稠,加入切成丁的番茄和冰糖,再煮沸即成。

【吃法】早、晚或晚餐食用。

【功用】健脾益气,养阴润肺。用于脾虚气弱,食少乏力,肺虚咳嗽者。

豆浆芡实粉粥

【原料】豆浆400克,糯米粉、芡实粉各50克,核桃仁20克,白糖适量。

【制作】核桃仁洗净,切成碎末。糯米粉与芡实粉混匀,加适量水搅成稠糊备用。豆浆煮沸3~5分钟,加入核桃仁末拌匀,加入糯米芡实粉稠糊,边加边不断搅拌(以防煳锅底),待沸后,加入白糖溶化即成。

【吃法】当早、晚餐食用。

【功用】健脾固肾,补血益精。用于儿童肥胖等。

八宝粥

【原料】莲子肉15克,大枣15克,核桃仁15克,白扁豆15克,薏苡仁15克,桂圆肉15克,糖青梅5个,糯米150克,白糖适量。

【制作】将莲子肉、大枣、白扁豆、薏苡仁洗净,以温水泡发。核桃仁捣碎,糯米淘洗干净。所有备料一同入锅,加水1 500克,用大火烧沸后转用小火熬煮成稀粥。

【吃法】当甜点食用。

【功用】健脾胃,补气益肾,健脑益智。

百合圆枣粥

【原料】百合20克,桂圆肉20克,大枣10枚,大米100克。

【制作】淘洗干净的大米和百合、桂圆肉、大枣一同入锅,加水1 000克,用大火烧开后转用小火熬煮至粥成。

【吃法】早、晚或晚餐食用。

【功用】健脑益智,清心安神。

大枣桑葚粥 🙋

【原料】桑葚 30 克或鲜品 50 克,大枣 10 枚,大米 100 克,冰糖适量。

【制作】将桑葚浸泡片刻,洗净后与大枣、大米同入沙锅加水煮粥,粥稠后加入冰糖溶化即可。

【吃法】每日 2 次,空腹食用。平素大便稀溏或泄泻者忌服。

【功用】补肝滋肾,养血明目,健脑益智。

核桃大枣芡实粥 🙋

【原料】芡实粉 30 克,核桃仁 15 克,大枣 5~7 枚,白糖适量。

【制作】芡实粉用凉开水打成糊,放入沸水中搅拌,再拌入核桃仁、大枣肉,煮熟成糊,加白糖调味。

【吃法】早、晚或晚餐食用。

【功用】健脑益智。

核桃枸杞粥 🙋

【原料】核桃仁 50 克,枸杞子 15 克,大米 100 克。

【制作】将核桃仁捣碎,与淘洗干净的大米、枸杞子一同入锅,加水 1 000 克,用大火烧开后转用小火熬煮成稀粥。

【吃法】早、晚或晚餐食用。

【功用】滋阴补肾,健脑益智。

核桃泥冰糖粥 ❧

【原料】核桃肉泥 50 克,大米 100 克,冰糖 15 克。

【制作】将核桃仁捣烂如泥,大米洗净。置锅于大火上,加入适量水烧沸,加入大米,待水沸后,加入核桃泥搅匀,改用小火煨煮至米熟软,加入冰糖,搅拌均匀,起锅放凉即成。

【吃法】早、晚或晚餐食用。

【功用】温补精髓,养血壮骨,健脑益智。

葵花子薏苡仁粥 ❧

【原料】葵花子 15 克,薏苡仁 50 克,蜂蜜适量。

【制作】将葵花子去除杂质,洗净,用纱布包好;薏苡仁淘洗干净。置锅于大火上,加水适量,葵花子用纱布包好,煮至水沸加入薏苡仁,继续煮至沸后改用小火煨煮,直煨至薏苡仁熟软时起锅,捞出纱布包,放温,加入蜂蜜,搅匀即成。

【吃法】早、晚或晚餐食用。

【功用】清热解毒,健脑益智。

栗子桂圆粥 ❧

【原料】栗子 10 个,桂圆肉 15 克,大米 100 克,白糖适量。

【制作】栗子洗净切成小碎块,连同淘洗干净的大米和桂圆肉一同入锅,加水 1 000 克,用大火烧开后转用小火熬煮至粥成,加入白糖调味食用。

【吃法】早、晚或晚餐食用。

【功用】健脑益智,养心安神。

莲枣山药糯米粥

【原料】莲子 20 克,大枣 10 枚,山药 25 克,糯米 50 克,白糖适量。

【制作】莲子、山药、大枣及糯米一同放入锅内,加水煮粥,临稠时加入白糖,调匀即成。

【吃法】早、晚或晚餐食用。

【功用】补益心脾,宁心安神,健脑养心。

麦片大枣粥

【原料】燕麦片 100 克,大枣 15 枚。

【制作】将大枣洗净,去核,加适量水煮沸,待枣熟烂后撒入燕麦片搅匀,再煮沸 3~5 分钟即成。

【吃法】早、晚或晚餐食用。

【功用】补气养血,宁心安神,健脑益智。

芡实黑木耳粥 ❧

【原料】芡实 500 克,银耳 10 克,大米 100 克,白糖 30 克,葡萄干 20 克。

【制作】芡实用水泡 2 小时,然后用水磨磨成粉浆,过滤杂质后,沉淀一夜,至天明轻轻倒去上面水,留取底下粉,晒干即成,每次用时取干粉 30 克。将银耳用水泡 2 小时后去蒂,大米用水淘洗干净,葡萄干切成末。将银耳放入高压锅中,加水 500 克煮 30 分钟,离火候冷。开盖,加入芡实、大米和水 400 克,再用大火烧开,改用小火煮 20 分钟。吃时用勺子盛出一碗,撒上葡萄干末和白糖。

【吃法】早、晚或晚餐食用。

【功用】补脾固肾,健脑强志。

桑葚葡萄薏苡仁粥 ❧

【原料】干桑葚 10 克,葡萄干 7 克,薏苡仁 7 克,大米 50 克,红糖适量。

【制作】将葡萄干、干桑葚、薏苡仁、大米淘洗干净,一同入锅,加水 500 克,用大火烧沸后转用小火熬煮成稠粥,调入红糖。

【吃法】早、晚或晚餐食用。

【功用】滋阴养血,宁心安神,健脑益智。

山药桂圆荔枝粥

【原料】鲜山药 100 克,桂圆肉 15 克,荔枝肉 15 克,五味子 3 克,白糖 20 克,糯米 150 克。

【制作】山药去皮,洗净,切成薄片,与桂圆肉、荔枝肉、五味子一同放入锅内,加入淘洗干净的大米,加水适量,用大火烧开后转用小火熬煮成稀粥,起锅时加入白糖即成。

【吃法】早、晚或晚餐食用。

【功用】补心益肾,安神益智。

酸梅粥

【原料】酸梅粉 25 克,西米 50 克,白糖 100 克。

【制作】西米用凉水浸透,酸梅粉用水调匀,水入锅烧开,加入酸梅粉、白糖、西米,共煮成糊粥。

【吃法】早、晚或晚餐食用。

【功用】健脑益智,行气止痛。

枣莲绿豆粥

【原料】大米 100 克,绿豆、莲子各 20 克,大枣 30 克,白糖 100 克。

【制作】将大米与绿豆淘洗干净,一起放入锅内,加适量水,用大火烧沸后,加入洗净的大枣、莲子,改用小火再煮 30 分钟,至粥黏、莲子和绿豆酥烂时,加入白糖煮沸片刻,分盛小碗即成。

【吃法】早、晚或晚餐食用。

【功用】补益心脾,宁心安神,健脑益智。

桂圆枸杞大枣粥

【原料】桂圆肉 15 克,枸杞子 10 克,大枣 4 枚,大米 100 克。

【制作】将桂圆肉、枸杞子、大枣、大米分别洗净。沙锅置中火上,加水,加大米煮开 10 分钟后加桂圆肉、枸杞子、大枣煮成稀粥。

【吃法】早、晚或晚餐食用,空腹食。

【功用】养心,安神,健脾,补血,健脑益智。

白果薏苡仁粥

【原料】去壳白果仁 8~12 粒,白糖适量,薏苡仁 100 克。

【制作】将白果、薏苡仁洗净,一同入锅,加水 1 000 克,用旺火烧开,再转用小火熬煮成稀粥,加入白糖调味。

【吃法】每日早、晚温热食用。

【功用】健脾利湿,清热,排脓祛风。用于小儿扁平疣等。

枸杞花生粥

【原料】糯米 60 克,黑豆、枸杞子、连衣花生仁各 30 克。

【制作】将糯米洗净,加入黑豆、枸杞子、花生仁,加水适量熬成粥即可。

【吃法】早、晚分服。

【功用】补中益气,健脾温胃,乌发黑发。用于小儿头发干燥枯黄等。

枸杞子粥

【原料】枸杞子 20 克,糯米 50 克,白糖适量。

【制作】将枸杞子、白糖与淘洗干净的糯米同时放入沙锅中,加水 500 克,用大火烧开后转用小火熬煮至粥稠,再焖 3 分钟即成。

【吃法】每日早、晚温服,可长期服用。

【功用】养阴补血,益精明目。用于小儿头发干燥枯黄等。

桂圆大枣莲子粥

【原料】大米 100 克,大枣 10 枚,桂圆肉、莲子各 15 克。

【制作】将大米、大枣、桂圆肉、莲子洗净,加适量清水共煮成粥。

【吃法】每日 2 次,连服 1 个月。

【功用】气血双补,滋养毛发,乌发养颜。用于小儿头发干燥枯黄等

桂花栗子粥

【原料】桂花卤 25 克,栗子 50 克,白糖 100 克,糯米 100 克。

【制作】将栗子煮熟去壳,切碎成碎米状;再将糯米淘洗干净,放入锅中加水 1 000 克置旺火上烧开,加入栗子米一同煮成粥,再调入白糖、桂花卤,调匀稍煮即成。

【吃法】早、晚或晚餐食用。

【功用】生津化痰,散寒暖胃,止痛。用于龋齿,牙痛等。

陈皮栗子粥

【原料】陈皮 15 克,栗子 30 克,糯米 50 克,红糖适量。

【制作】将栗子去壳切片,晒干,研为细末。陈皮洗净,放入沙锅内,加水适量,煎煮 20 分钟,去渣取汁,与淘洗干净的糯米一同入锅,加水适量,以小火煮沸半小时,再加栗子粉,用小火煎煮至粥面有粥油时,加入红糖调味即成。

【吃法】早、晚或晚餐食用。

【功用】补脾肾,壮腰膝,理气化痰。用于儿童骨骼发育不全等。

核桃仁粥

【原料】核桃仁 50 克,大米 50 克。

【制作】将核桃仁洗净捣碎,与淘洗干净的大米一同入锅,加水 500 克,用旺火烧开后转用小火熬煮成稀粥。

【吃法】温热食用,早、晚各 1 次。

【功用】养脾胃,补肾固精。用于儿童骨骼发育不全等。

绿豆大枣糯米粥

【原料】绿豆 50 克,糯米 100 克。

【制作】将大枣洗净,泡发。绿豆去杂洗净,与泡好的大枣一同放入锅内,加水适量煮沸,改小火煮至皮将开裂,加入洗净的糯米同煮成粥,出锅即成。

【吃法】早、晚或晚餐食用。

【功用】护眼明目,健脑益智。用于小学生视力下降。

橄榄萝卜粥

【原料】橄榄肉 10 个,白萝卜 1 个,白糖 100 克,大米 100 克。

【制作】将橄榄肉、白萝卜分别洗净,切成碎粒。大米淘洗干净,加水 1 000 克,上火烧开,至米粒开花时加入橄榄肉、萝卜粒、白糖,继续熬煮成粥。

【吃法】温服,每日1次。

【功用】清热解毒,生津止渴,清肺利咽。用于小儿百日咳:症见咽喉肿痛,咳嗽等。

枸杞豆豉粥

【原料】枸杞子(干品用量减半)100克,大米60克,咸豆豉适量。

【制作】将枸杞子入水中煎煮片刻,去渣取汁,再入大米于汁中熬粥。

【吃法】代作早餐或晚餐,佐以咸豆豉,经常食之。

【功用】滋补肝肾,宣泄郁热。用于肺结核之虚劳低热。

生姜枣粥

【原料】鲜生姜5片,大枣7枚,大米50克,陈米醋适量。

【制作】将生姜入水中煎煮片刻,去姜取汁,再入大枣、大米熬粥,粥成后对入米醋,略煮片刻。

【吃法】温热食用。

【功用】健脾和胃,散寒止呕。用于小儿脾胃素虚,胃纳不振,复因感寒,乃至呕吐或食入则吐等。

苋菜莲子粥

【原料】苋菜100克,莲子30克,小米50克,白糖适量。

【制作】苋菜、莲子、小米分别洗净，一同入锅，加适量水煮粥，粥成后加白糖调味。

【吃法】早、晚或晚餐食用。

【功用】清毒止痢。用于小儿痢疾。

萝卜莲子山药粥

【原料】萝卜 100 克，莲子 30 克，山药 20 克，大米 50 克。

【制作】将萝卜洗净，切块。莲子、山药、大米分别洗净。以上原料一同入锅，加水煮粥。

【吃法】不拘时，早、晚或晚餐食用。

【功用】止痢涩肠。用于小儿痢疾。

银花莲子粥

【原料】金银花 30～60 克，莲子 50～100 克。

【制作】将金银花入水煎煮约 30 分钟，去渣取汁，再将莲子肉入煎汁煮之，至熟烂如粥状即可。

【吃法】早餐食用。

【功用】清热解毒，健脾止泻。用于小儿痢疾。

乌梅茯苓黑糯米粥

【原料】乌梅、茯苓各 15 克，大枣 10 枚，黑糯米 100 克。

【制作】乌梅、茯苓入锅先煎20分钟,去渣取汁,大枣、黑糯米洗净后与前药汁一起入锅,加水适量,同煮粥至稠,入白糖适量调服。

【吃法】早、晚或晚餐食用。

【功用】健脾和胃,涩肠止泻。用于婴幼儿腹泻:症见久泻不愈,大便稀溏,食后作泻,味臭,面色黄白,神疲乏力。

什锦甜粥

【原料】小米50克,大米25克,绿豆10克,花生米10克,大枣10克,核桃仁10克,葡萄干10克,红糖适量。

【制作】将小米、大米、绿豆、花生米、大枣、核桃仁、葡萄干均用水淘洗干净。将绿豆放入锅里,加少量水,用旺火煮至七成熟时,向锅内加入开水,将小米、大米、花生米、大枣、核桃仁、葡萄干放入,再加红糖,用勺搅匀,盖上锅盖。开锅后,改用小火,煮至熟烂即成。

【吃法】早、晚或晚餐食用。

【功用】止泻。用于小儿腹泻。

山药栗子粥

【原料】栗子60克,淮山药30克,生姜4片,大枣5个,大米60克。

【制作】栗子(去皮)、淮山药、生姜、大枣(去核)、大米洗净,把全部用料一同放入锅内,加水适量,小火煮成粥,调味即可。

【吃法】随量食用。

【功用】健脾止泻。用于小儿腹泻;症见饮食减少,体倦乏力,大便泄泻。

扁豆大枣粟米粥

【原料】白扁豆粒50克,大枣15枚,粟米150克,红糖适量。

【制作】将扁豆粒、大枣、粟米分别洗净,一同入锅,加水适量,用大火烧开后转用小火熬煮成稀粥,加入红糖稍煮即成。

【吃法】每日早、晚分食。

【功用】健脾养血,清暑利湿。用于小儿厌食症等。

桂圆莲子薏苡仁粥

【原料】桂圆肉30克,莲子100克,薏苡仁50～100克,冰糖适量。

【制作】将莲子用水泡发,去皮、去芯洗净,与洗净的桂圆肉、薏苡仁一同放入沙锅中,加适量的水,煎煮至莲子酥烂,加冰糖调味即成。

【吃法】睡前服用,每周1次,可经常服用。

【功用】补心血,健脾胃。用于小儿贫血。

龙莲糯米粥

【原料】桂圆肉7枚,莲子肉(去皮芯)30粒,血糯米50克。

【制作】将 3 味加适量水一同煮成粥。

【吃法】每日分 2~3 次服完,食时可稍加白糖,连服 1 个月。

【功用】补血养血。用于小儿贫血。

赤小豆大枣粥 ～

【原料】赤小豆、大枣各 50 克,红糯米 100 克,白糖适量。

【制作】赤小豆、红糯米、大枣洗净,赤小豆、红糯米入锅先煮熟,入大枣同煮至稠,白糖适量调味。

【吃法】每日早、晚各 1 次,温服,连食 2 周。

【功用】补血养血。用于小儿贫血。

山药桂圆粥 ～

【原料】党参、淮山药各 50 克,桂圆肉 30 克,大米 100 克,白糖适量。

【制作】将前 4 味洗净,入锅内同煮,熟至稠厚,加入白糖调味。

【吃法】每日早、晚各 1 次,连食 2 周。

【功用】补血养血。用于小儿贫血。

黑木耳大枣粥 ～

【原料】水发黑木耳、大枣、麦芽糖各 50 克,大米 100 克。

【制作】将水发黑木耳、大枣、大米洗净,入锅同煮熟至稠厚,然后调入麦芽糖调味。

【吃法】每日早、晚各 1 次温服,连食 1 周。

【功用】补血养血。用于小儿贫血。

花生核桃粥

【原料】花生仁、核桃仁各 30 克,大米、冰糖各 100 克。

【制作】核桃仁浸泡,去衣,切成小丁。花生仁、大米淘净,入锅加水煮,大米开花时,入冰糖、核桃仁煮成粥。

【吃法】每日 1 次,宜常食用。

【功用】补气养血,润肺化痰,平喘止咳。用于小儿便秘、咳嗽等。

松子仁粥

【原料】松子仁 10 克,大米 100 克。

【制作】上 2 料加适量水同煮成粥。

【吃法】1 日内分次服完。

【功用】润肠通便。用于小儿便秘。

大枣橘饼粟米粥

【原料】大枣 8 枚,橘饼 30 克,粟米 150 克,白糖 100 克。

【制作】大枣洗净后去核,与橘饼同切成碎粒。粟米去净外壳后淘净,放入锅内,加水1 000克,旺火烧沸后改小火熬煮,待米粒开花时加入大枣、橘饼、白糖,拌匀,继续煮成粥即可。

【吃法】温服,分次服完。

【功用】和中健胃,滋阴益肾,清热解毒,利尿止痢,除烦。用于小儿营养不良。

栗子冰糖粥

【原料】栗子100克,冰糖100克,大米100克。

【制作】将栗子剖开,去壳取肉,切成碎米粒样。大米淘洗干净,下锅,加入栗肉粒以及水1 000克,上火烧煮,至米粒开花快熟透时,再加入冰糖,继续熬煮成粥即可。

【吃法】温服,每日1剂,分次服完。

【功用】补肾益气,健胃厚肠。用于幼儿腹泻。

白果豆腐皮粥

【原料】白果(去壳及芯)10克,豆腐皮50克,大米适量。

【制作】将白果、豆腐皮、大米一同入锅,加水适量,煮成稠粥。

【吃法】早、晚或晚餐食用。

【功用】补益脾肺。用于脾肺气虚所致小儿遗尿。

芡实核桃粥

【原料】芡实粉 30 克,核桃肉(打碎)15 克,大枣(去核)7 个。

【制作】将芡实粉用凉开水打成糊,放入滚开水中搅拌,再加核桃肉、大枣煮熟成糊粥,加糖食用。

【吃法】每日 1 次,宜常吃。

【功用】补肾敛汗,养心安神。用于小儿肌肉松弛,头颅骨软,囟门迟闭而大,面白多汗,神疲易惊,头方发稀等。

土豆花生粥

【原料】花生米 50 克,大米 100 克,土豆 30 克,冰糖适量。

【制作】将花生洗净,去红皮,捣碎成末;土豆洗净,去皮,切成小薄片。将大米洗净,连同碎花生米、土豆片一起放入锅内,加入适量水,用大火煮沸,加入冰糖,再改用小火煮 30 分钟即成。

【吃法】早、晚或晚餐食用。

【功用】补钙壮骨。

核桃芝麻粥

【原料】黑芝麻 80 克,核桃仁 60 克,大米 100 克,白糖适量。

【制作】将捣碎的核桃仁、炒香的黑芝麻与淘洗干净的大米同放入锅中,加入适量的水煮成粥,撒入白糖调匀即成。

【吃法】早、晚或晚餐食用。

【功用】补钙壮骨。

黑糯米核桃粥

【原料】黑糯米、蜂蜜、玫瑰糖、核桃仁、芝麻等各适量。

【制作】将黑糯米研磨成细粉后加水煮成粥,待粥黏稠后加入蜂蜜、玫瑰糖、核桃仁、芝麻,稍煮片刻即可。

【吃法】早、晚空腹分服。

【功用】补铁生血,益气补肾。

桂圆枸杞粥

【原料】桂圆肉、枸杞子、黑糯米、大米各 15 克。

【制作】将桂圆肉、枸杞子、黑糯米、大米分别洗净,同入锅,加水适量,用大火煮沸后改用小火煨煮至米烂汤稠即可。

【吃法】趁热顿服,每日 1 次。

【功用】益气补虚,养肝益血,补血生血。

栗子大米粥

【原料】栗子 100 克,大米 200 克,白糖或精盐适量。

【制作】将栗子去壳和仁皮,洗净;大米淘洗干净。将栗子、大米同放入锅内,加水适量,煮成粥,加入白糖(或精盐),稍煮

即成。

　　【吃法】早、晚或晚餐食用。

　　【功用】补充微量元素。大米（即稻米）、栗子均含有丰富的铜、碳水化合物、维生素、钙、磷等，小儿吃此粥可补铜、糖和钙。

莲子小米粥

　　【原料】莲子肉50克，小米150克，红糖适量。

　　【制作】将莲子洗净泡发，小米淘洗干净。锅上火，加水适量，放入莲子和小米，用大火烧开，改小火熬煮，粥熟后加入红糖搅匀即成。

　　【吃法】早、晚或晚餐食用。

　　【功用】补充微量元素。小米、莲子都富含铜，此粥小儿常吃，可防机体缺铜，并有益长高身体。

健儿蛋乳粥

蛋黄糯米粥

【原料】糯米 50 克,蛋黄 1 只。

【制作】将糯米淘洗干净,放入锅内,加入 500 克水,用大火煮沸后改小火煮至微稠。蛋黄放入碗内,碾碎后加入粥锅内,同煮几分钟即可。

【吃法】每日可喂 1 次,每次小半碗。5 个月以上婴儿食用。

【功用】富有营养,强身健体。

蛋黄肝泥粥

【原料】大米 50 克,蛋黄泥、肝泥、鱼肉末各适量。

【制作】将米淘洗干净,放入锅内,添入水,用大火烧开后,转微火煮透,熬至熟烂成糊状。在粥内加入煮熟的蛋黄泥、肝泥和鱼肉末再稍煮片刻即可。

【吃法】每日可喂 1~2 次,每次 10~30 克,逐渐增加到每次 60 克。适合 6 个月左右的婴儿食用。

【功用】富有营养,强身健体。

牛奶米粉粥 ❧❧❧❧

【原料】 牛奶 250 克,米粉 60 克,水果、蜂蜜、黄油、精盐各适量。

【制作】 将牛奶、精盐放入一小锅内,待牛奶刚要开时放入米粉,边放边搅。然后把火关小,盖上锅盖,用小火煮 8 ~ 10 分钟。吃时加入黄油、蜂蜜、水果或婴儿喜欢吃的其他食品。此粥的制作关键是,米粉下锅要边煮边搅拌,防止煳锅。注意一定要用小火煮。

【吃法】 每天可喂 1 次,1 次小半碗。适合 5 个月以上婴儿食用。

【功用】 富有营养,强身健体。用于婴儿辅食,促进小儿生长。

牛奶蛋黄粥 ❧❧❧❧

【原料】 米粉 50 克,牛奶 200 克,蛋黄 1 只,蜂蜜 50 克。

【制作】 将蛋黄打散加入牛奶中混匀,倒入锅中,煮沸后加入用少量冷水调开的米粉,边煮边搅拌,煮至黏稠状离火,加入蜂蜜拌匀即可。

【吃法】 随量喂食。

【功用】 富有营养,强身健体。

牛奶粥 ❧

【原料】牛奶 100 克,大米 50 克。

【制作】将大米淘洗干净,用水浸泡 1~2 小时。锅上火,放水烧沸,放入大米用小火煮 3 分钟,加入牛奶再煮片刻即可。

【吃法】每日可喂 1 次,每次小半碗。适合 4 个月以上婴儿食用。

【功用】富有营养,强身健体。

鲜奶麦粥 ❧

【原料】麦片 40 克,熟蛋黄 1 个,鲜奶 250 克,盐或糖适量。

【制作】鲜奶先煮开,改小火,倒入麦片煮软后调味,熄火。熟蛋黄弄碎,撒入麦糊中即可盛出食用。

【吃法】每日可喂 1 次,每次小半碗。适合 6 个月左右婴儿食用。

【功用】富有营养,强身健体。

麦片果奶粥 ❧

【原料】麦片 50 克,牛奶 25 克,水果 25 克,白糖适量。

【制作】将麦片用水泡软;水果洗净切碎。将泡好的麦片连水倒入锅内,置火上烧开,煮 2~3 分钟后,加入牛奶,再煮 5~6 分钟,待麦片酥烂,稀稠适度,加入切碎的水果、白糖略煮一下,盛入碗内即成。

【吃法】每日可喂 1~2 次,每次 1 小碗。适合 7 个月以上婴儿食用。含有婴儿发育所需的蛋白质、脂肪、糖类、钙、磷、铁和维生素 A、维生素 B_1、维生素 B_2、维生素 C 及烟酸等多种营养素。在制作中,粥要熬得软烂适度,水果下入锅内稍煮一下,再给婴儿喂食,以防肠胃不适。

【功用】富有营养,强身健体。用于断奶辅助食品。

什锦蛋羹粥

【原料】大米 30 克,鸡蛋 1 个,海米 25 克,番茄酱 50 克,菠萝末 30 克,麻油 3 克,湿淀粉 15 克,精盐适量。

【制作】将大米煮成粥待用;将鸡蛋打入碗内,加盐和适量温开水调拌均匀待用。锅内加水,放在大火上烧开,把鸡蛋碗放入笼屉内,上锅蒸 15 分钟,成豆腐脑状待用。炒锅内放入适量水,水开后放入海米末、蔬菜末、番茄酱或番茄末、精盐,勾芡淋入麻油即成什锦。将粥盛入碗中,将蛋羹挖一勺盖在粥面上,最后将什锦盖在粥碗的蛋羹上面。制作时,蛋液内要加凉开水或温水,不能加凉水。蒸时用大火,防止蒸老。勾什锦汁时不能放酱油,芡不要勾得太稠,吃时芡浇蛋羹上。

【吃法】每日可喂 1~2 次,每次 1 小碗。适合 8 个月以上婴儿食用。

【功用】富有营养,强身健体。用于断奶辅助食品。

鲜奶蛋粥

【原料】大米 40 克,鲜奶 100 克,蛋 2 个,白糖 20 克,熟玉米粒 10 克。

【制作】将大米洗净放入锅中煮成粥。蛋打散,将鲜奶略微加热,微温时加入打散的蛋液中,加入白糖调味拌匀,盛入碗内,放入蒸锅,蒸至熟。将粥盛入小碗,将蒸熟的蛋奶挖一勺放在粥上,再撒上熟玉米粒做装饰。

【吃法】每日可喂 1~2 次,每次 1 小碗。适合 7 个月以上婴儿食用。鸡蛋和牛奶都是营养丰富而且适合小宝贝食用的食物。

【功用】富有营养,强身健体。用于断奶辅助食品。

燕麦片牛奶粥

【原料】燕麦片 50 克,牛奶 200 克,白糖适量。

【制作】将燕麦片和牛奶放在一个小平底锅里,充分混合,用小火烧至微开,用勺不停地搅动,以免粘锅,待锅内食物变稠即成。将燕麦粥盛入碗内,加入白糖,搅和均匀,晾至温度适宜即可喂食。

【吃法】每日可喂 1~2 次,每次 1 小碗。适合 7 个月以上婴儿食用。燕麦的营养价值很高,蛋白质和脂肪的含量明显高于一般谷类食物。与牛奶同食,大大增加了维生素 A、维生素 D 等营养素的供给。制作这一食品时,可以用速食燕麦片,用这种原料,只要冲入 200 克牛奶即可。

【功用】富有营养,强身健体。用于断奶辅助食品。

鸡蛋肉末粥

【原料】大米 50 克,鸡蛋 1 个,猪肉末 30 克,青蒜末 10 克,植物油 10 克,酱油 15 克,精盐 5 克,黄酒 5 克,味精 2 克,鲜汤 300 克,湿淀粉 30 克,葱、生姜末适量。

【制作】将大米洗净后放入锅内加水煮成粥。将鸡蛋打入盆内,搅打均匀后,加入凉开水,精盐搅匀,用大火蒸 15 分钟,呈豆腐脑状即成。将油放入锅内,投入肉末煸炒断生,加入葱姜末、酱油、精盐、黄酒、鲜汤,开锅后加入味精,勾芡,撒入蒜苗末,盛入盆内。食用时先将粥盛入碗内,再往碗内舀一勺蛋羹,再将一勺肉末卤浇在上边即成。

【吃法】每日可喂 2~3 次,每次 1 小碗。适合 10 个月以上的婴儿食用。鸡蛋和猪肉末含有能提供生长、细胞修补、维持体内新陈代谢所需的蛋白质,同时又含有丰富的铁质及其他无机盐及维生素 A、维生素 D 等,是婴儿生长发育的重要营养素,有助于促进小儿生长。

【功用】富有营养,强身健体。用于断奶辅助食品。

鸡蛋粥

【原料】鸡蛋 1~2 个,大米 50 克。

【制作】将大米洗净放入锅中,加适量水,先以大火煮开,再变小火煮至粥黏。鸡蛋煮熟去壳、去蛋白,蛋黄取出压成粉,放入煮熟的粥中,放入白糖。

【吃法】每日可喂 2~3 次,每次 1 小碗。

【功用】滋阴润燥,养血补虚。用于婴儿因发烧引起的烦渴、燥性咳嗽、声音嘶哑,以及眼睛发红、咽痛、泄泻、痢疾、瘦弱等。也可作为婴儿日常育养食用。凡宿食未清,或患麻疹、水痘、风疹之小儿忌食。不可过量食用。治泻痢应酌加醋食。

杏仁蜜奶粥

【原料】杏仁露 30 克,蜂蜜 300 克,鲜牛奶 500 克,淀粉 50 克。

【制作】沙锅上火,加开水约 800 克,入杏仁露搅匀。煮沸,入鲜牛奶,再煮沸,加湿淀粉勾成芡汁,然后加入蜂蜜搅匀即成,随意饮用。

【吃法】每日可喂 2~3 次,每次 1 小碗。

【功用】润肺止咳,化痰平喘。用于小儿哮喘。

胡萝卜酸奶粥

【原料】胡萝卜 50 克,面粉 30 克,卷心菜 10 克,酸奶 20 克,肉汤 100 克,黄油适量。

【制作】将卷心菜和胡萝卜切成细丝炖烂。用黄油将面粉略炒一下,加入肉汤、蔬菜煮,并轻搅。将炖好的原料冷却后加酸奶拌好。

【吃法】每日可吃 2~3 次,每次 1 小碗。

【功用】富有营养,强身健体。由于胡萝卜含有丰富的胡萝卜素,人体摄入后,可转变成维生素 A,能保护眼睛和皮肤的健康,患有皮肤粗糙和夜盲症、眼干燥症、小儿软骨病的人,食之很有裨益。特别是春季多风、天气温暖干涩、有头屑增多现象,以胡萝卜煮粥食用,有一定的防治作用。

平素脾虚泄泻者慎用。

鸡蛋蔬菜粥

【原料】鸡蛋半个,胡萝卜 30 克,菠菜 1 棵,米饭 50 克,肉汤 100 克,精盐适量。

【制作】将胡萝卜和菠菜洗净后放入锅内炖熟切碎。将米饭、肉汤和切碎的胡萝卜、菠菜倒入锅中同煮。煮开之后放入搅好的蛋糊并搅开,加精盐调味。

【吃法】每日可吃 2~3 次,每次 1 小碗。

【功用】营养丰富,强身健体。尤其适用于不喜欢吃蔬菜的孩子。

牛奶苹果麦片粥

【原料】燕麦片 50 克,牛奶 150 克,苹果 30 克,胡萝卜 25 克。

【制作】将苹果和胡萝卜洗净并用擦菜板擦好。将燕麦片及擦好的 10 克胡萝卜放入锅中,倒入牛奶及 50 克水用小火煮。煮开后再放入 20 克擦好的苹果直至煮烂。

【吃法】每日可吃 2~3 次,每次 1 小碗。

【功用】富有营养,强身健体。燕麦片中含有丰富的糖类、维生素 B 和维生素 E,煮成粥后很可口,但燕麦中缺少维生素 A 和维生素 C,无机盐也不多,尤其是钙,煮熟后维生素和无机盐更少。如果配合牛奶、苹果和胡萝卜,就弥补了这些营养素,加之它的美味可口,孩子很爱吃。

马铃薯牛奶粥

【原料】大米 50 克,马铃薯 30 克,牛奶 100 克,熟蛋黄 1/4 个,精盐适量。

【制作】将大米洗净,马铃薯去皮,一同放入锅内炖烂,并将马铃薯捣碎。在锅内加入牛奶用小火煮,并轻轻搅拌,黏稠后加盐。将蛋黄捣碎放在粥中即成。

【吃法】每日可吃 2~3 次,每次 1 小碗。

【功用】富有营养,强身健体。2 岁左右的孩子已熟悉并习惯于进食各种口味的营养粥,马铃薯、牛奶与蛋黄的配合既可满足营养又可满足口味,是孩子爱吃的粥品之一。选择马铃薯时,绿色的、腐烂的或发芽的马铃薯不可用,它含有毒性生物碱;如果马铃薯的各方面都正常,则必须先完全去掉其芽部才能食用。

蛋黄粟米茸粥

【原料】大米 30 克,熟鸡蛋黄 1 个,粟米 30 克,精盐、白糖、麻油各适量。

【制作】将大米洗净后放入锅中,加水置火上煲滚,再以慢火煲至粥黏为止。把适量水放入小煲内煲滚,放入粟米,搅匀煲滚,再煲片刻,下鸡蛋黄煲熟,加入大米粥混匀,放入少许精盐、白糖、麻油,搅匀煲滚即成。

【吃法】每日可吃 2~3 次,每次 1 小碗。粟米的营养价值高,含有一般五谷所含的糖类、脂肪、蛋白质、钙、磷、铁、维生素 B_1、维生素 B_2,能供应热能。煮好后的粟米有黏的感觉,入口滑,幼儿会喜欢吃的。如用新鲜的粟米搅成茸也可以,最好去超级市场购买,因为那里的粟米较黏甜,街市菜摊的则较硬,煮的时间要延长。如遇幼儿肠胃不适时,则不要吃。

【功用】富有营养,强身健体。

菠菜酸奶粥

【原料】菠菜叶 8 片,牛奶 100 克,酸奶 50 克,大米 50 克。

【制作】将大米洗净后放入水中浸泡 1 小时,菠菜叶洗净切碎。将大米放入锅内加适量水置火上煮开,待粥将成时放入碎菠菜和熟牛奶,边以小火煮边搅,煮至粥烂,即可熄火。待粥冷却后放入酸奶混合并搅匀。

【吃法】每日可吃 2~3 次,每次 1 小碗。

【功用】富有营养,强身健体。

蛋黄酸奶粥

【原料】大米 40 克,鸡蛋 1 个,肉汤 100 克,酸奶 100 克。

【制作】将鸡蛋煮熟之后取出蛋黄放入细筛中捣碎。将大米洗净放入锅内,加水置火上煮粥,煮至七成熟时,将捣碎的蛋黄和肉汤入锅用小火煮,并不时地搅动,呈稀糊状时便取出冷却。食用时将酸奶倒入锅中搅匀。

【吃法】每日可吃 2~3 次,每次 1 小碗。

【功用】富有营养,强身健体。

蛋壳粥

【原料】鸡蛋壳 50 克,谷芽 10 克,麦芽 10 克,大米 50 克。

【制作】将鸡蛋壳研成粉末,大米、谷芽、麦芽洗净入锅,加水适量,先用大火煮沸,再改小火煮粥,粥将稠时,放入蛋壳粉、白糖,稍煮即成。

【吃法】每日可吃 2~3 次,每次 1 小碗。

【功用】壮骨力、补五脏,健脾开胃。尤其适用于小儿佝偻病。

猕猴桃酸奶粥

【原料】猕猴桃 30 克,酸奶 30 克,大米 50 克。

【制作】将猕猴桃皮剥净,捣碎并过滤。将过滤的猕猴桃和酸奶混在一起搅匀。将大米洗净后放入锅内煮成粥后,盛入小碗内,将水果酸奶放在粥面上即可。

【吃法】每日可吃 2~3 次,每次 1 小碗。

【功用】富有营养，强身健体。

排骨皮蛋粥

【原料】大米100克，小排骨200克，皮蛋半个，花生米30克，葱花、酱油、精盐、植物油、味精各适量。

【制作】把小排骨洗净，切成2厘米长的小段，用酱油、盐腌渍1小时，放入沸水中煮熟。将皮蛋去壳，洗净，切成小方块。把大米、花生米洗净，放入沸水中煮，当米粥将熬好时，放入皮蛋丁、酱油、味精；另用炒锅，放入植物油，炸葱花呈金黄色、出葱香味时，倒入米粥中，至粥熬好以后，将排骨配到粥中，即可食用。

【吃法】每日可吃2~3次，每次1小碗。

【功用】滋阴养血，生津润燥。

香蕉奶粥

【原料】香蕉30克，黄油少许，肉汤100克，牛奶100克，大米50克。

【制作】将香蕉去皮之后捣碎。将大米洗净后放入锅内，加入肉汤和适量水煮粥，煮至黏稠时放入捣碎的香蕉。最后加适量牛奶略煮。

【吃法】每日可吃2~3次，每次1小碗。

【功用】富有营养，强身健体。香蕉易于消化吸收，对于有胃肠障碍或腹泻的婴儿很适宜。

牛奶梨片粥

【原料】牛奶 250 克,鸭梨 2 个,鸡蛋黄 3 个,大米 150 克,柠檬汁 5 克,白糖适量。

【制作】将鸭梨去皮、核,切成厚片,加适量白糖上笼蒸 15 分钟,淋上柠檬汁拌和后离火。牛奶烧沸后加白糖,投入淘洗干净的大米,烧沸后小火煨煮成稠粥,调入打匀的鸡蛋黄,拌和后离火。分次盛入碗内,面上铺上数块梨片,浇上一匙梨汁。

【吃法】早、晚或晚餐食用。

【功用】补气血,润皮肤。

果泥奶粥

【原料】牛奶 1 000 克,大米 200 克,苹果 500 克,白糖适量。

【制作】将苹果洗净去皮,切成两半,挖掉果核,再切成薄片,捣成果泥备用。将大米淘洗干净,放入锅内,加水适量,把米熬至半熟时,倒入牛奶继续熬至米烂开花时,加入白糖起锅,稍凉后,拌入果泥即成。

【吃法】早、晚或晚餐食用。

【功用】补虚美容,润肠通便。

牛奶枣粥

【原料】牛奶 400 克,大枣 20 枚,大米 100 克,红糖 20 克。

【制作】将大米淘洗干净,放入锅内,加水1000克,置旺火上煮开后,用小火煮20分钟,米烂汤稠时加入牛奶、大枣,再煮10分钟。食用时加红糖,再煮开,盛入碗内即成。

【吃法】早、晚或晚餐食用。

【功用】补气养血,健脾和胃,生津止渴。

牛奶茯苓粥

【原料】牛奶200克,茯苓50克,大米100克。

【制作】茯苓洗净,晒干,粉碎,研末。大米入锅,加水适量,煮成稠粥,粥将成时加入牛奶、茯苓末搅匀,小火煮至微沸即成。

【吃法】每晚1次,连食1~2周。

【功用】健脾益胃,增加食欲,催眠。用于脾胃不和、食欲不振引起的失眠症。

山药蛋黄粥

【原料】山药50克,鸡蛋黄2个。

【制作】将山药洗净,研碎过筛,加水适量,煮沸,调入蛋黄煮作粥。

【吃法】早、晚或晚餐食用。

【功用】健脾开胃,止泻。用于泄泻日久,肠滑不固者。

鸡蛋粟米粥 ❧

【原料】鸡蛋1个,粟米100克。

【制作】将粟米淘洗干净后入锅,加适量水,用大火烧沸后转用小火熬煮成稀粥,快熟时打入鸡蛋,再稍煮即成。

【吃法】晚餐顿食。

【功用】补气养血,宁心安神,健脑益智。用于增强学习记忆能力。

三宝蛋黄粥 ❧

【原料】山药15克,生薏苡仁30克,芡实15克,熟鸡蛋黄1个,糯米30克。

【制作】山药、薏苡仁、芡实研末,与淘洗干净的糯米一同入锅,加适量的水,用大火烧开后转用小火熬煮成稀粥,加入鸡蛋黄,混匀即成。

【吃法】早、晚或晚餐食用。

【功用】养心安神,健脑益智。用于增强学习记忆能力。

葛粉皮蛋粥 ❧

【原料】葛粉25克,皮蛋1个。

【制作】将葛粉用冷水调匀,并将皮蛋去壳后捏碎,待锅中水沸后加入葛粉,不停地搅动,再加入皮蛋末,稍煮二三沸即成。

　　【吃法】早、晚或晚餐食用。

　　【功用】生津止渴,清热除烦。用于小儿牙疳、咽喉肿痛等。

牛奶蚕豆粥

　　【原料】牛奶200克,新鲜蚕豆500克,熟猪油150克,冰糖、水淀粉各50克,菠菜汁少许。

　　【制作】蚕豆煮熟,制成蚕豆泥。冰糖用牛奶溶化。炒锅置旺火上,放熟猪油烧热,改小火后加入蚕豆泥翻炒,待发干抱团时加入菠菜汁、牛奶冰糖水搅匀,煮沸后兑入水淀粉,拌匀呈羹状,盛入汤盆中即可。

　　【吃法】当点心食用,量随意。

　　【功用】祛热解暑,利咽解腻,补钙壮骨。用于儿童骨骼发育不全等。

牛奶扁豆花粥

　　【原料】牛奶100克,白扁豆花15克,大米100克。

　　【制作】大米淘洗干净,加水适量,煮成稠粥,加入牛奶煮沸,放入白扁豆花,改用小火稍煮即成。

　　【吃法】早、晚或晚餐食用。

　　【功用】健脾和胃,清热化湿;补钙壮骨。用于儿童骨骼发育不全等。

牛奶高粱米粥 ❧

【原料】 牛奶 100 克,高粱米 100 克。

【制作】 将高粱米洗净,加水煮成稠粥,加牛奶煮沸即可。

【吃法】 随意食用。

【功用】 健脾和胃,生津利尿,补虚损,补钙壮骨。用于儿童骨骼发育不全等。

甘蔗汁奶粥 ❧

【原料】 牛奶、甘蔗汁各 100 克,大米 150 克。

【制作】 将大米淘洗干净,加水煮成黏稠粥,加入甘蔗汁、牛奶煮沸,改小火煮粥至稠稀适中即成。

【吃法】 供早、晚餐食用。

【功用】 清热生津,润燥下气,补钙壮骨。用于儿童骨骼发育不全等。

牛奶大麦粥 ❧

【原料】 牛奶 100 克,大麦粒 100 克。

【制作】 将大麦粒去皮洗净,加水适量,煮成稠粥,加入牛奶,改小火煮沸,再煮片刻即成。

【吃法】 随意食用。

【功用】壮筋骨,补气血,化谷食,补虚劳。用于儿童骨骼发育不全等。

牛奶甘薯粟米粥

【原料】牛奶 200 克,甘薯 200 克,粟米 100 克。

【制作】粟米洗净,加水煮粥,粥将稠时,放入洗净、切碎的甘薯,加入牛奶,改小火煮至粥熟透即成。

【吃法】作早、晚餐或当点心食用。

【功用】强筋壮骨,健脾强肾,益气补虚。用于儿童骨骼发育不全等。

牛奶黄豆粥

【原料】牛奶 100 克,黄豆 50 克,籼米 100 克。

【制作】黄豆洗净,浸泡 10~12 小时。籼米洗净,与泡软的黄豆一起煮成稠粥,加入牛奶,小火煮沸即成。

【吃法】早、晚或晚餐食用。

【功用】清热排毒,润燥逐水,强筋壮骨。用于儿童骨骼发育不全等。

牛奶莲花粥

【原料】牛奶 100 克,大米 100 克,莲花 6 克。

【制作】大米淘洗干净,加水煮成稠粥,加入用牛奶调成的莲花末汁,改小火煮沸即成。

【吃法】空腹食用。

【功用】解暑排毒,清热除烦,补钙壮骨。用于儿童骨骼发育不全等。

牛奶西瓜子仁粥

【原料】牛奶200克,西瓜子仁50克,糯米100克,白糖适量。

【制作】西瓜子仁去杂,用小火炒香备用。糯米淘洗干净,放入锅中,加水适量,用大火煮沸,改小火煮成稠粥,待米汁快干时加入牛奶、炒西瓜子仁搅匀,煮沸,离火后加入白糖,不断搅拌溶解即成。

【吃法】每日早、晚或晚餐食用。

【功用】滋阴补虚,补钙壮骨。用于儿童骨骼发育不全等。

牛奶西瓜皮粥

【原料】牛奶200克,西瓜皮100克,大米100克,白糖适量。

【制作】西瓜皮洗净,削去外表硬皮,切成丁。大米淘洗干净,与西瓜皮丁一起入锅,加水煮粥,米汁快干时,加入牛奶煮沸,加白糖,不断搅拌,待白糖全部溶解,稍煮即成。

【吃法】每日早、晚或晚餐食用。

【功用】清热解毒,利水消肿,补钙壮骨。用于儿童骨骼发育不全等。

牛奶苹果葡萄干粥 ❧

【原料】牛奶200克,苹果1个,大米100克,葡萄干、白糖各适量。

【制作】苹果洗净,去皮、核,切成片备用。大米洗净入锅,煮成稠粥,加入择洗干净的葡萄干、苹果片和牛奶,用小火煮沸后,再稍煮一会儿即成。

【吃法】每日早、晚或晚餐食用。

【功用】强身健体,补钙壮骨。用于儿童骨骼发育不全等。

牛奶枇杷薏苡仁粥 ❧

【原料】牛奶250克,枇杷200克,薏苡仁50克,大米100克,白糖适量。

【制作】枇杷洗净,去皮、核,切成片备用。大米、薏苡仁淘洗干净,一同入锅加水,煮成稠粥,加入牛奶、枇杷片搅匀,再煮至沸,食用时用白糖调味即成。

【吃法】每日早、晚或晚餐食用。

【功用】清热润肺,补钙壮骨。用于儿童骨骼发育不全等。

牛奶橘饼粥 ❧

【原料】牛奶200克,金橘饼100克,大米150克,白糖适量。

【制作】金橘饼切碎备用。大米淘洗干净,入锅加水,煮成稠粥,米汁快干时加入牛奶搅拌均匀,小火煮沸,加入金橘饼碎粒、白糖搅匀,略煮即成。

【吃法】每日早、晚或晚餐食用。

【功用】和胃宽中,润肺化痰,补钙壮骨。用于儿童骨骼发育不全等。

牛奶猕猴桃粥

【原料】牛奶200克,猕猴桃汁50克,大米100克,白糖适量。

【制作】将大米淘洗干净,入锅加水,煮成稠粥,米汁快干时加入猕猴桃汁、白糖搅匀,再加入牛奶煮沸,搅匀即成。

【吃法】每日早、晚或晚餐食用。

【功用】清热解毒,补钙壮骨。用于儿童骨骼发育不全等。

牛奶水果赤豆粥

【原料】牛奶200克,苹果1个,香蕉2根,大米、小米、赤小豆、莲心、核桃仁、花生仁、白糖各适量。

【制作】红小豆、花生仁用水泡软,与去杂、淘洗干净的莲心、大米、小米、核桃仁一起放入锅内,加水适量用大火烧开,改小火煮成稠粥,待汁快干时,放入牛奶搅匀,小火煮至沸,加入去皮核、切成小块的苹果和去皮、切段的香蕉,搅拌均匀,离火后加入白糖调味即成。

【吃法】每日早、晚食用。

【功用】强筋壮骨,补钙。用于儿童骨骼发育不全等。

牛奶大蒜糯米粥

【原料】牛奶 200 克,紫皮大蒜 50 克,糯米 100 克。

【制作】将紫皮大蒜去皮,洗净,切碎或剁成蒜茸备用。糯米淘洗干净,放入沙锅中,加适量水大火煮沸,改小火煮成稠粥,加入牛奶煮沸后调入大蒜茸,微沸即成。

【吃法】早餐食用。

【功用】滋阴补虚,补钙壮骨。用于儿童骨骼发育不全等。

牛奶蘑菇粥

【原料】水发蘑菇 200 克,牛奶 100 克,粟米 100 克,葱花、姜末、精盐、味精、麻油各适量。

【制作】将水发蘑菇去杂后洗净,撕成碎片。将粟米淘洗干净。锅置火上,加水适量,再加入粟米,大火煮沸,改小火煮至粟米熟烂,加入蘑菇片拌匀,煮至沸,继续用小火煨至粥稠厚时,加入牛奶、葱花、姜末、精盐、味精搅匀,煮沸后淋入麻油即成。

【吃法】早餐或加餐食用。

【功用】补虚降脂,健脾,补钙壮骨。用于儿童骨骼发育不全等。

牛奶荔枝粥

【原料】 牛奶 150 克,荔枝肉 10 枚,大米 100 克,白糖适量。

【制作】 荔枝肉洗净后切块。大米按常法煮成极稠粥,米汁快干时加入牛奶搅匀后再煮沸,加入荔枝肉块及白糖搅拌均匀,待白糖全部溶化即成。

【吃法】 每日早、晚或晚餐食用。

【功用】 补益气血,补钙壮骨。用于儿童骨骼发育不全等。

牛奶菱角粥

【原料】 牛奶 200 克,菱角 200 克,大米 100 克,白糖适量。

【制作】 菱角洗净,煮熟,去壳,切碎。按常法将大米煮成稠粥,米汁快干时加入牛奶,中火煮沸,加入白糖、菱角碎粒搅匀,稍煮一会儿即成。

【吃法】 每日早、晚或晚餐食用。

【功用】 健脾安神,补钙壮骨。用于儿童骨骼发育不全等。

牛奶柿饼山药粥

【原料】 牛奶 200 克,山药 100 克,大米 100 克,柿饼 50 克,白糖适量。

【制作】 山药去皮,洗净,切成丁。柿饼洗净,切碎。大米淘洗干净,按常法煮成稠粥,米汁快干时,加入牛奶煮沸,再加入山药丁、柿饼粒搅拌均匀,煮沸1~2分钟,离火后加入白糖搅拌溶化即成。

【吃法】每日早、晚趁热食用。

【功用】养肺润肠,降逆止呕,补钙壮骨。用于儿童骨骼发育不全等。

牛奶山药黑芝麻粥

【原料】牛奶200克,山药15克,黑芝麻20克,大米100克,玫瑰糖、冰糖各适量。

【制作】山药洗净,去皮,切碎。黑芝麻去杂,炒香。大米按常法煮成稠粥,待米汁快干时,加入牛奶搅匀,煮沸,再加入山药碎粒、炒黑芝麻,拌匀后稍煮片刻,最后加入冰糖、玫瑰糖调味即成。

【吃法】供早、晚餐食用。

【功用】润肠通便,健体强身,补钙壮骨。用于儿童骨骼发育不全等。

牛奶杞子莲子粥

【原料】牛奶200克,大米50克,莲子、核桃仁、小米各30克,枸杞子20克,白糖适量。

【制作】将大米、莲子、核桃仁分别洗净,放锅内加水适量煮沸,加入淘洗干净的小米,再煮沸,改小火煮成稠粥,粥将熟时,调入牛奶,用小火煮至微沸并不断搅拌,加入枸杞子,用白糖调味即可。

【吃法】早餐或晚餐食用。

【功用】补钙,壮筋骨,健体强身。用于儿童骨骼发育不全等。

牛奶花生薏苡仁粥

【原料】牛奶250克,花生仁50克,薏苡仁、大枣各20克,山药、桂圆肉各10克,大米、小米各50克,白糖适量。

【制作】花生仁炒熟,去皮,研末。薏苡仁洗净,用水泡软,捣烂成泥。大枣洗净,去核,切碎。山药去皮,切成薄片。桂圆肉切碎。大米、小米分别淘洗净,按常法煮二米粥,粥将熟时,加入薏苡仁泥搅匀,煮沸,加入熟花生仁末、大枣碎粒、山药片、桂圆肉碎粒搅匀,用小火煮成黏稠粥,加入煮沸的牛奶搅匀,用白糖调味即成。

【吃法】早、晚或晚餐食用。

【功用】补钙壮骨。用于儿童骨骼发育不全等。

牛奶莲豆粥

【原料】牛奶200克,大米50克,莲肉10克,扁豆20克,大枣10枚,白糖适量。

【制作】扁豆、大米分别洗净,放入锅中,加适量水,用大火煮沸,改小火煮至豆烂,加莲肉、大枣继续煮至粥黏稠时加入牛奶煮沸,加入白糖溶化即成。

【吃法】早餐或加餐食用。

【功用】补中益气,养心健脾,补钙壮骨。用于儿童骨骼发育不全等。

牛奶玉米面粥

【原料】牛奶400克,玉米面50克,蜂蜜、熟核桃仁末、熟芝麻末各适量。

【制作】取100克牛奶与玉米面调成生糊备用。剩余牛奶煮沸,边搅拌边加入牛奶玉米面生糊,加入熟核桃仁末、熟芝麻末、蜂蜜搅拌均匀,小火煮至微沸即成。

【吃法】早、晚或晚餐食用。

【功用】补钙壮骨,健脑益智。用于儿童骨骼发育不全等。

牛奶薏苡仁糯米粥

【原料】牛奶200克,薏苡仁50克,糯米50克,白糖适量。

【制作】将薏苡仁与糯米同煮成黏稠粥,加牛奶搅匀,煮沸后离火,加白糖调味即成。

【吃法】当点心食用。

【功用】健脾祛湿,强筋壮骨。用于儿童骨骼发育不全等。

山药杏仁牛奶粥

【原料】生山药150克,大米150克,杏仁10克,牛奶250克。

【制作】杏仁研泥,渗牛奶少许绞取汁;山药洗净,与大米同煮成粥,粥将熟时兑入牛奶、杏仁汁,煮沸即成。

【吃法】每日2~3次热饮。

【功用】补养脾肺,止咳祛痰。用于小儿支气管炎恢复期:症见咳嗽无力,喉中痰鸣,食少纳差。

山药芡实蛋黄粥

【原料】山药15克,芡实15克,熟鸡蛋黄1枚,生薏苡仁30克,糯米30克。

【制作】将山药、薏苡仁、芡实研末,与淘洗干净的糯米一同入锅,加适量的水,用大火烧开,再转用小火熬煮成稀粥,加入鸡蛋黄,混匀即成。

【吃法】日服1剂,温热食用。

【功用】健脾开胃,养心安神,敛汗止泻。用于小儿自汗、盗汗。

牛奶豆腐粥

【原料】豆腐半块,牛奶1汤匙,清汤半碗,瘦肉泥2汤匙,嫩茶叶末1汤匙,精盐少许。

【制作】将豆腐放入水锅内,上火煮沸,捞出切成小丁。锅上火,放入豆腐丁、牛奶、肉泥、茶叶末和清汤,用中火烧沸,再下入盐煮沸即成。

【吃法】早、晚餐或晚餐食用。

【功用】补钙壮骨。

粗粉奶粥

【原料】牛奶 250 克,小麦粗粒粉(或玉米粗粒粉)40 克,黄油 5 克,蜂蜜 10 克。

【制作】将牛奶倒入锅内,用微火煮开,趁热撒入粗粒粉,用小火煮 10~15 分钟,并不停搅动拌匀。煮至粗粒粉熟时,熄灭火,加入黄油、蜂蜜,并用力搅拌,稍凉后即可喂婴幼儿食用。

【吃法】早、晚或晚餐食用。

【功用】补钙壮骨。

牛奶玉米粥

【原料】牛奶 250 克,玉米粉 50 克,鲜奶油 10 克,黄油 5 克,精盐 5 克,肉豆蔻适量。

【制作】将牛奶倒入锅中,加入精盐和碎肉豆蔻,用小火煮开,撒入玉米粉,用小火再煮 3~5 分钟,并用勺不停搅和,直至变稠。将粥倒入碗内,加入黄油和鲜奶油,搅匀。要点是:用牛奶加玉米粉熬粥,不宜用大火,要用小火熬。粥盛入小碗内后,再加入黄油和奶油搅匀。

【吃法】早、晚或晚餐食用。

【功用】补充微量元素。

胡萝卜菠菜鸡蛋粥 ❧❧❧❧❧

【原料】鸡蛋 2 只,胡萝卜 100 克,菠菜 200 克,米饭、肉汤、精盐各适量。

【制作】胡萝卜和菠菜炖熟切碎。饭、肉汤和切碎的胡萝卜、菠菜倒入锅中同煮。煮开之后放入捣好的蛋糊并搅开,加盐调味即可。

【吃法】早、晚或晚餐食用。

【功用】补充维生素。

果泥奶粥 ❧❧❧❧❧

【原料】牛奶 1 000 克,大米 200 克,苹果 500 克,白糖适量。

【制作】将苹果洗净后去皮,先切成两半,挖掉果核,再切成薄片,捣成果泥备用。将大米淘洗干净,放入锅内,加入适量水,把米熬至半熟时,倒入牛奶继续熬至米烂开花时,加入白糖起锅,稍凉后,拌入果泥即成。

【吃法】早、晚或晚餐食用。

【功用】健脾补钙,益心安神,健脑益智。用于增强学习记忆能力。

健儿畜肉粥

胡萝卜牛肉汤粥 ～◇◆◇～

【原料】大米30克,胡萝卜牛肉汤约200克,煲熟的胡萝卜1~2片。

【制作】将大米洗净,放入水内浸1小时(米浸软能加速煲烂)。将煲熟的胡萝卜压成茸,胡萝卜牛肉汤除去汤面上的油,放入小煲内煲滚,放入水及浸米的水煲滚,用慢火煲成稀糊,加入胡萝卜茸搅匀再煲片刻,加入少许盐调味待温度适合时,便可喂婴儿。

【吃法】每日可喂1次,每次小半碗。适合5个月以上婴儿食用。

【功用】富有营养,强身健体。

脊肉粥 ～◇◆◇～

【原料】猪脊肉100克,大米100克,精盐、麻油、粉各适量。

【制作】将猪脊肉洗净,切成肉末,放锅内用麻油炒一下备用;大米洗净,放入水内浸泡半天。取锅一只,放入大米和炒好的猪脊肉末,加适量水置火上煮粥,待粥将烂熟时,放入盐调味,再煮沸即成。

【吃法】每日可喂 1~2 次,每次 1 小碗。含有丰富的蛋白质,并含有较多的糖类、钙、磷、铁等营养成分,可防止发生营养不良,婴儿常食可防止发生贫血。

【功用】富有营养,强身健体。用于断奶辅助食品。

猪肝粥

【原料】大米 50 克,生猪肝 250 克,酱油 50 克,精盐 5 克,葱 2 段,大茴香 2 瓣,花椒 10 粒。

【制作】将猪肝洗净,放入锅内,加入开水(以漫过猪肝为度)、大茴香、花椒、葱段、生姜片、酱油、精盐,开锅煮熟后捞出。将熟猪肝剁成极细的颗粒,即为肝末。将大米洗净后,放入水中浸泡片刻,再将大米和泡米水放入锅内煮成粥。将适量猪肝末放入粥锅内搅拌,再略煮片刻,熄火晾温后即可喂食。要点是:猪肝置火上后,火不能太大。另外,将猪肝煮熟即可,煮的时间不要过长,以免煮老,一般煮 30 分钟较为适宜。猪肝末放入粥内后,略煮片刻即可。

【吃法】每日可喂 1~2 次,每次 1 小碗。

【功用】富有营养,强身健体。用于断奶辅助食品。

茄子肉末粥

【原料】大米 40 克,茄子 50 克,葱头 10 克,芹菜 5 克,瘦猪肉末 15 克,植物油 5 克,酱油 6 克,精盐 1 克,葱、生姜末适量。

【制作】将大米淘洗干净,放入小盆内,加入水,置笼上蒸成软饭待用。将茄子、葱头、芹菜择洗干净,均切成末。将油倒入锅内,下入肉末炒散,加入葱姜末、酱油搅炒均匀,加入茄子末、葱头末、芹菜末煸炒断生,加适量水、精盐,放入软米饭,混合后,尝好味,稍焖一下出锅即成。要点是:饭要蒸成软饭,菜、肉要切末,饭菜混合后要烧透、煮烂。这种做法所用的菜可千变万化,具体放哪种菜适合婴儿口味、营养素需要,可根据时令菜变化灵活掌握。肉末也可改为鸡末、鱼末、肝末等。

【吃法】每日可喂 1~2 次,每次 1 小碗。

【功用】富有营养,强身健体。用于断奶辅助食品。

小米菜肉粥

【原料】小米 40 克,肉末 20 克,青菜 20 克,植物油 5 克,酱油 2.5 克,精盐 1 克,葱、生姜末少许,水 250 克。

【制作】将小米淘洗干净,放入锅内,加入水,用大火烧开后,转微火煮透,熬成小米粥。将绿叶蔬菜切碎,然后将油倒入锅内,下入肉末炒散,加入葱姜末、酱油炒匀,投入青菜炒几下,放入小米粥内,加入精盐尝好味,同熬煮一下即成。要点是:熬粥不要放碱,以免破坏营养。粥要熬至稠黏。肉末煸炒一下再与粥同熬。

【吃法】每日可喂 2~3 次,每次 1 小碗。

【功用】富有营养,强身健体。用于断奶辅助食品。

羊肉胡萝卜粥 ❧

【原料】大米 30 克,羊肉 40 克,胡萝卜、洋葱各适量。

【制作】将大米洗净,放入水中浸泡片刻;胡萝卜、洋葱分别切成碎粒。将羊肉剁碎,放入锅里用少许油炒熟。将炒好的羊肉连同米、胡萝卜、洋葱放入锅里,加水煲 2~3 小时,煲至粥稠肉烂,即可喂食。

【吃法】每日可喂 2~3 次,每次 1 小碗。适合 10 个月以上婴儿食用。

【功用】富有营养,强身健体。用于断奶辅助食品。

肉汤豆腐粥 ❧

【原料】大米 40 克,肉汤 100 克,豆腐 30 克,精盐适量。

【制作】将豆腐切成小块。将米饭、肉汤、豆腐加水放在锅中同煮,煮至黏稠时加入适量的盐调味。

【吃法】每日可吃 2~3 次,每次 1 小碗。

【功用】富有营养,强身健体。用于豆腐中的蛋白质与牛奶相比,差异不大。豆腐口感柔嫩,孩子爱吃,与肉汤、大米煮成粥食更是美味。给孩子做此粥方便简单,还能满足孩子对蛋白质的需求。

胡萝卜火腿粥 ❧

【原料】粟米 50 克,胡萝卜 100 克,火腿片 20 克,牛油 10 克,粟粉 20 克,鲜汤 150 克,白糖、精盐各适量。

【制作】粟米、胡萝卜洗净沥干水,胡萝卜切片;火腿片切成小粒。鲜汤放入煲内煲滚,放入粟米、胡萝卜煲滚,慢火煮 10 分钟至黏,再放入火腿、调味品及牛油搅匀,用粟粉勾芡成稀糊状即成。

【吃法】每日可吃 2～3 次,每次 1 小碗。

【功用】富有营养,强身健体。

牛肉麦麸粥

【原料】麦麸 40 克,牛肉 40 克,生抽、白糖、生粉、植物油各适量。

【制作】将麦麸放入碗中,加入适量水浸 20 分钟,用汤匙搅烂。将牛肉洗净,抹干水,剁烂成碎肉末,加入生抽、白糖、生粉等腌料腌 20 分钟。水适量,放入小煲内煲滚,放入麦麸及浸麦麸的水煲滚,慢火煲成稍稀的糊状,下牛肉末搅匀煲熟,下少许盐调味。待温度适合时,便可喂幼儿进食。

【吃法】每日可吃 2～3 次,每次 1 小碗。麦麸和牛肉都含有蛋白质,牛肉又含有铁质,都是幼儿需要的营养。在制作时,当牛肉放入麦麸内应迅速拌匀,否则,牛肉开始熟便会结成团,要弄散需花一些时间。麦麸不可煲得过浓稠,因为冷后便会更浓了。

【功用】富有营养,强身健体。

牛肉茸粥

【原料】大米 50 克,牛肉 25 克,干米粉 20 克,香菜、葱花各适量,植物油、酱油、精盐、白糖、淀粉各适量。

【制作】将大米淘洗干净,放入锅内,加入水烧开,并煮至大米开花;把牛肉剁成茸,加入酱油、精盐、白糖、淀粉拌匀;米粉用热油炸香,捞出备用。将粥熬好后,放入调好味的牛肉茸,再煮沸即成。装碗食用时,再加入熟油、香菜、葱花及炸香的米粉即可。

【吃法】随量食用。

【功用】富有营养,强身健体。

牛肉蔬菜粥

【原料】牛肉20克,大米50克,胡萝卜、洋葱各适量,麻油、酱油各适量。

【制作】大米洗净,用水泡好;牛肉、胡萝卜、洋葱切碎。用麻油将牛肉在锅里炒一下,再入泡好的大米炒制。将大米炒至一定程度后加入胡萝卜和水,用小火煮烂,再用酱油调味即可食用。

【吃法】每日可吃2~3次,每次1小碗。

【功用】富有营养,强身健体。胡萝卜含有丰富的胡萝卜素,能保护眼睛和皮肤的健康。患有皮肤粗糙和夜盲症、眼干燥症、小儿软骨病者,食之有益。

平素脾虚泄泻者慎用。

皮蛋瘦肉粥

【原料】皮蛋2个,瘦肉丝100克,油条1根,蒜苗丝少许,大米 50 克,盐、鲜鸡精、淀粉各适量。

【制作】将皮蛋切块,油条切小段备用;瘦肉丝加淀粉及盐少许,腌 10 分钟。将瘦肉丝放入滚水中烫一烫后捞起。将大米洗净,放入水中煮滚后改用小火;当粥快成时,加入皮蛋块、瘦肉丝、盐及鲜鸡精,略为搅拌均匀即可熄火。食用前撒入青蒜丝及油条段。

【吃法】每日可吃 2~3 次,每次 1 小碗。因食物颗粒较大,只适宜 3 岁以上的孩子食用。此粥可让孩子练习咀嚼能力,并逐步适应大人的饭菜。

【功用】富有营养,强身健体。

青豆猪肝粥

【原料】大米 50 克,猪肝 40 克,青豆 20 克,生抽、糖、生粉、植物油各适量。

【制作】青豆放入滚水中煮 5 分钟,熟后倒去水。青豆放在碗中,用汤匙搓烂即成豆茸,取出豆皮不要,豆茸留用。猪肝洗净,抹干水,切小粒,再剁细,加入生抽、糖、生粉等调味品搅匀。大米洗净,加入浸过米面的水浸 1 小时。水适量,放入小煲内煲滚,放入米及浸米的水煲滚,慢火煲成浓糊粥状,放入青豆茸、猪肝及少许盐搅匀,待煮至猪肝熟透时即成。待温度适合时,便可喂幼儿进食。

【吃法】每日可吃 2~3 次,每次 1 小碗。青豆含有植物蛋白质及糖类,能供应热能;猪肝含有丰富的铁质。本粥除了用青豆外,也可以用青豆角、四季豆或其他适合幼儿吃的蔬菜,但要煮黏剁细,使幼儿易于吞食。

【功用】富有营养,强身健体。

肉末黑米粥

【原料】黑米50克,肉末40克,青菜100克,植物油、酱油、精盐、葱、生姜末各适量。

【制作】将黑米淘洗干净,放入锅内,加入水,用大火烧开后,转微火煮透,熬成粥。将绿叶蔬菜切碎,然后将油倒入锅内,下入肉末炒散,下葱花、生姜末、酱油炒匀,投入青菜炒几下,放入米粥内,加入精盐尝好味,同熬煮一下即成。制作关键:熬粥不要放碱,以免破坏营养。粥要熬至稠黏。肉末煸炒一下再与粥同熬。

【吃法】每日可吃2~3次,每次1小碗。黑米富含淀粉、蛋白质、维生素B、维生素A、维生素E、多种微量元素、乙酸、苹果酸、柠檬酸、琥珀酸等,是黑发美发佳品。对于毛发发育不良的幼儿有良好的补养作用。

【功用】富有营养,强身健体。尤其适宜头发枯黄的幼儿食用。

蔬菜牛肉粥

【原料】牛肉40克,大米50克,菠菜1棵,肉汤150克,马铃薯、胡萝卜、洋葱各适量,精盐适量。

【制作】将牛肉洗净后放入绞肉机中绞碎,将菠菜、胡萝卜、洋葱、马铃薯炖熟并捣碎。将米饭、蔬菜和肉末放入锅中煮至成粥,并用盐调味。

【吃法】 每日可吃 2~3 次,每次 1 小碗。

【功用】 富有营养,强身健体。牛肉对婴儿的生长发育可提供重要营养物质,并能早期增强孩子抵抗疾病及传染病的能力;菠菜富含铁质,可防止贫血。这道蔬菜牛肉粥是婴儿生长发育的良好补食。

芋头肉汤粥

【原料】 大米 50 克,芋头 30 克,肉汤 100 克,盐、酱油适量。

【制作】 将大米洗净,放入水内浸泡;芋头皮剥掉切成小块,用盐腌一下再洗净。将大米、芋头放入锅内,加入肉汤一同炖烂后,将芋头捣碎,并不时地搅一下。煮至黏稠后加酱油调味。也可将芋头晒干后研成末,同大米同煮成粥。

【吃法】 每日可吃 2~3 次,每次 1 小碗。芋头虽多营养,但多食"难克化,滞气困脾",并且生品有毒,因此妈妈在做粥时需注意芋头的用量。

【功用】 富有营养,强身健体。

白菜肉汤粥

【原料】 白菜叶半片,肉汤 100 克,大米 50 克,精盐适量。

【制作】 将大米洗净放入水中浸泡 1 小时,白菜取软叶儿部分切碎。将大米放入锅内加适量水煮开,加入肉汤再次煮开后,此时放入白菜叶末以小火煮至菜熟粥烂。食时用盐调味。

【吃法】每日可吃 2~3 次,每次 1 小碗。

【功用】富有营养,强身健体。

猪肝泥白菜粥

【原料】猪肝 50~100 克,白菜嫩叶 50 克,大米、小米各 30 克,葱、生姜、酱油、精盐各适量。

【制作】将猪肝切成片,用开水烫一下,捞出后剁成泥;将白菜洗净切成细丝。锅内放点油,下猪肝煸炒,加入葱、生姜末及适量的酱油炒透入味,随后加入适量水烧开,再放入洗净的大米和小米煮至熟烂,最后放入白菜丝及少量精盐煮片刻即成。

【吃法】每日可吃 2~3 次,每次 1 小碗。本粥味咸、鲜、香,幼儿喜欢尝试咸味食品后,方能一点点去尝试大人吃的饭菜。猪肝是含铁质较为丰富的动物性食物,动物性食物中的营养成分更有利于人体的吸收。幼儿若能和大人一起食用,会有兴奋和自豪感。

【功用】富有营养,强身健体。

肉菜粥

【原料】大米 250 克,肉馅 100 克,青菜(菠菜、油菜等)150 克,植物油、酱油、味精各适量。

【制作】将大米淘洗干净,备用。锅内加入少许植物油,烧热,把肉馅倒入锅内,用慢火煮熟,加入洗净切好的碎菜末,继续煮,直至全部煮熟烂为止。离火后加入少许味精,即可食用。

【吃法】随量食用。

【功用】富有营养,强身健体。

咸味芋头粥

【原料】芋头 500 克,肉丝 200 克,虾米 50 克,大米 150 克,葱花、生姜末各 20 克,香菇 3 朵,植物油 30 克。

【制作】将大米洗净,沥干水分;肉丝内加入酱油、酒、太白粉、味精、盐腌一下;先将虾米泡软,香菇泡软切丁;芋头去皮切滚刀块。起油锅,先爆香葱、生姜、虾米,再加入肉丝炒香,然后放入芋头炒一下,再加入米同炒,同时加入精盐、味精拌均匀。将炒香的米饭和菜盛入另一锅内,加入适量水,用大火煮开后,再变小火煮成粥即可。

【吃法】每日可吃 2~3 次,每次 1 小碗。对于较大的幼儿而言,这种咸味粥无疑能给以口味和营养的双重满足。作为主食食用这种粥在加水少的情况下,可以蒸成咸味米饭,加水多时即成咸粥。

【功用】富有营养,强身健体。

香菇肉粥

【原料】大米 50 克,绞肉 25 克,香菇丝 15 克,酱油 2 克,味精、葱花、芹菜末各适量。

【制作】将大米洗净用8杯水焖煮20分钟。起油锅将绞肉及香菇丝拌炒一下，加入酱油和味精，放入大米粥中同煮，煮好稍闷一下，食用时再撒入葱花和芹菜末即可。

【吃法】每日可吃2～3次，每次1小碗。幼儿食用香菇肉粥可提高身体抵抗疾病的能力。同时，肉和香菇的特殊香味，会让幼儿百吃不厌。

【功用】富有营养，强身健体。

山药羊肉粥

【原料】山药200克，羊肉、糯米各250克。

【制作】羊肉去筋、膜，洗净，切碎，与山药同煮烂，研成泥，下糯米，共煮成粥。

【吃法】佐餐食用，早、晚餐温热服食。

【功用】温补脾肾，止泻。尤其适用于小儿慢性腹泻、遗尿者。

猪肚大米粥

【原料】猪肚1个，淮山药、大米各50克，精盐、姜茸各适量。

【制作】将猪肚洗净，切片，与淮山药、大米共煮成粥，放入精盐、姜茸调味。随量食用。

【吃法】佐餐食用。

【功用】补脾益气。尤其适用于小儿脾胃气虚泄泻、尿频者。

大麦羊肉粥

【原料】草果 3 个,羊肉 150 克(细切),大麦 100 克。

【制作】先煎草果,去渣取汁,入羊肉、大麦慢火煮粥,空腹食。

【吃法】早、晚或晚餐食用。

【功用】温中下气。尤其适用于小儿脾胃积滞,冷气腹胀腰痛者。

猪肝粟米粥

【原料】猪肝 100 克,粟米 100 克,葱、生姜、精盐、麻油、酱油各适量。

【制作】将猪肝洗净切细,葱洗净切花,生姜切细末,再把猪肝、生姜同放一碗内,以酱油浸之,备用。再将粟米淘洗干净入锅,加水适量,用旺火烧开后转用小火熬煮,粥将熟时放入猪肝末,再稍煮片刻,放入麻油、葱花即成。

【吃法】早、晚或晚餐食用。

【功用】补肝明目,泻热养血。

猪肝鸡蛋粥

【原料】猪肝 50 克,鸡蛋 1 个,大米 50 克,精盐、生姜、味精各适量。

【制作】将猪肝洗净切碎,与大米一同加水煮粥,粥熟后打入鸡蛋,加精盐、生姜、味精等,调匀,再稍煮即成。

【吃法】早、晚或晚餐食用。

【功用】补血养肝,滋阴明目。

骨髓芝麻粥

【原料】牛骨髓 25 克,黑芝麻 25 克,桂花卤 10 克,白糖 50 克,糯米 100 克。

【制作】将糯米、黑芝麻分别淘洗干净,放入沙锅中,加水1 000 克,用旺火烧开,再转用小火熬煮成稀粥,调入桂花卤即成。

【吃法】早、晚或晚餐食用。

【功用】补肾填髓,泽肌悦颜,益气增力。

羊汁大枣粥

【原料】羊骨汤 1 500 克,大枣 100 克,糯米 100 克。

【制作】将大枣去核,再将糯米淘洗干净,一并入锅,加入羊骨汤,置旺火上烧开,转用小火熬煮成粥即成。

【吃法】早、晚或晚餐食用。

【功用】补益肝肾,强壮筋骨,养血安神。

花生猪骨粥 ❧

【原料】大米 200 克,花生仁 60 克,猪骨 400 克,麻油、精盐、味精、胡椒粉、香菜各适量。

【制作】将大米淘洗干净。花生仁用热水浸泡后剥去外衣。猪骨洗净,砸成小块。将猪骨放入锅内,加水煮汤。然后将煮好的骨汤与大米、花生仁同放锅内,加入适量水熬成糊,再加入精盐、味精、胡椒粉、麻油调匀。食用时,将粥盛入碗内,撒上香菜末即成。

【吃法】早、晚或晚餐食用。

【功用】润肺和胃,补气壮骨。

高粱米羊肉粥 ❧

【原料】羊肉与高粱米各适量。

【制作】两味加适量清水共煮成粥。可加葱、姜等调料。

【吃法】早、晚或晚餐食用。

【功用】消积导滞。用于消化不良等。

羊肚黑豆粥 ❧

【原料】羊肚 1 个,黑豆 50 克,黄芪 15 克。

【制作】将羊肚剖洗干净,细切,每取用 100 克与黑豆、黄芪共煮为粥。

【吃法】早、晚或晚餐食用。

【功用】健脾，固表，敛汗。用于体虚易感冒，自汗乏力者。

薏苡仁羊肉粥

【原料】薏苡仁 90 克，羊肉 250 克。

【制作】两味加适量水煲成粥，用精盐、味精（亦可加生姜数片）调味。

【吃法】早、晚或晚餐食用。

【功用】健脾补肾，益气补虚。用于儿童肥胖等。

狗肉小麦粥

【原料】狗肉（经检疫合格）300 克，去皮的小麦 100 克。

【制作】将狗肉洗净并切成小块，与淘净的小麦仁同入锅中，加水共煮成粥。

【吃法】早、晚或晚餐食用。

【功用】温补肾阳，宁心安神，健脑益智。用于增强学习记忆能力。

脊髓五味粥

【原料】大米 300 克，糯米 100 克，花生仁 30 克，杏仁 10 克，芡实 10 克,莲子 20 克,蜜枣 30 克,葡萄干 10 克,山药 30 克,芋艿 30 克,鸡汁 500 克,猪脊髓骨 250 克,薤白 10 克,芝麻 20 克,五香粉 2 克,精盐 5 克,味精 5 克,植物油 500 克。

【制作】猪脊髓骨加水 1 000 克,入高压锅中烧至喷气后改中火烧 30 分钟。候冷,取出猪骨,砸开骨取脊髓,骨弃去,把骨汤倒出备用。将薤白用水泡软,对切成两半。芝麻炒熟研成末。莲子开水泡去皮,留芯。杏仁去皮。蜜枣去核。芋艿刮去毛皮,切成滚刀块。山药洗净后切成块,放入油锅中炸至金黄色时捞出控去油。将糯米和大米混在一起淘洗干净,放入高压锅内,倒入鸡汤、猪脊髓和猪骨汤,加入适量水,烧至液体约有 4 000 克左右,再放入花生仁、杏仁、山药块、芋艿、芡实、带芯莲肉、葡萄干、蜜枣、薤白、五香粉、精盐等,再用大火烧开,1 分钟后改用小火烧 30 分钟。候温,开盖加入味精即成。

【吃法】早、晚或晚餐食用。

【功用】补益气血,健脑强志。咸糯鲜滑,五味俱全。用于增强学习记忆能力。

猪肝绿豆粥 ❧

【原料】猪肝 100 克,大米 100 克,绿豆 60 克,精盐、味精各适量。

【制作】将绿豆与淘洗干净的大米一同放入沙锅中,加水 1 000 克,用旺火烧开,然后转用小火熬煮成稀粥,再放入洗净切成片的猪肝,待粥熟后加精盐和味精调味即成。

【吃法】早、晚或晚餐食用。

【功用】补肝养血,清热明目,容颜润肤,消肿下气。用于面色萎黄,视力减退,视物不清,水肿等。

猪肉香菇麦片粥

【原料】 新鲜香菇 15 克,猪瘦肉 30 克,小麦粉 30 克,葱花 3 克,生姜末 3 克,精盐 2 克,味精 1 克,麻油 10 克。

【制作】 将猪肉洗净切丝,香菇洗净撕碎。炒锅置火上,倒入麻油少许,至油热,放入生姜、葱爆炒,再倒入肉丝翻炒,肉将熟时倒入香菇略炒一下,加入热水适量,煮沸;再将面粉加水和成面团,擀成面片,切成小块,下入肉丝香菇汤中,煮至面熟,加入精盐、味精调味即成。

【吃法】 供早、晚餐食用,宜经常食用。

【功用】 养心宁神,滋阴润燥,健脾益气。用于小儿缺钙引起的夜间哭闹不安,头发稀黄者。

猪肾山药粥

【原料】 猪肾 1 对,山药 100 克,薏苡仁 50 克,大米 200 克,精盐、味精各适量。

【制作】 将猪肾去筋膜和腺腺,切碎,烫去血水,与洗净的山药、薏苡仁、大米一同放入沙锅中,加水 2 000 克,用旺火烧开后转用小火熬煮成稀粥,加入精盐和味精调味即成。

【吃法】 早、晚或晚餐食用。分次食用。

【功用】 益肾补虚。用于黄褐斑等。

马齿苋猪髓粥

【原料】马齿苋 15 克,大米 100 克,猪骨髓、精盐、味精、麻油、葱花、生姜末各适量。

【制作】将大米和马齿苋分别洗净,与猪骨髓一同放入沙锅中,加入精盐、葱花、生姜末和水适量,用旺火烧开后转用小火熬煮成粥,再加入味精和麻油调味即成。

【吃法】早、晚或晚餐食用。

【功用】滋阴解毒,补髓固齿。用于龋齿,牙周发炎。

大枣羊骨糯米粥

【原料】羊胫骨 1~2 根,大枣 20 枚,糯米 100 克。

【制作】将羊胫骨洗净敲碎,加水适量煎取汤汁,去骨后与淘洗干净的大米和去核的大枣一同入锅,用旺火烧开后转用小火熬煮成稀粥。

【吃法】每日分次食用。

【功用】补脾养血,补肾益气,健骨固齿。用于小儿牙齿生长缓慢等。

牛肉粥

【原料】鲜牛肉 100 克,大米 100 克,精盐、五香粉各适量。

【制作】将牛肉洗净,切成薄片或剁碎,与淘洗干净的大米一同下锅,加水适量,用旺火烧开后转用小火熬煮 1 小时左右,待牛肉熟烂后,加入精盐、五香粉调味即成。

【吃法】早、晚或晚餐食用。

【功用】补益脾胃,利筋骨。用于儿童骨骼发育不全等。

火腿粥

【原料】熟火腿肉 50 克,冬笋 25 克,水发香菇 25 克,青豆 25 克,黄酒 15 克,胡椒粉 2 克,麻油 25 克,葱花 10 克,生姜末 5 克,肉汤 1 500 克,糯米 100 克。

【制作】将火腿、冬笋切成青豆大小;再将糯米淘洗干净,放入锅中,加入肉汤,置旺火上烧开后加入火腿、冬笋、水发香菇、青豆、黄酒、葱、生姜等,用小火熬煮成粥,调入胡椒粉、麻油即成。

【吃法】早、晚或晚餐食用。

【功用】益气血,充精髓,滋肾生津,健脾开胃。用于儿童骨骼发育不全等。

羊骨粥

【原料】羊骨 1 000 克,大米 100 克,精盐、生姜、葱白各适量。

【制作】将羊骨洗净打碎,加水煎汤,然后取汤代水与淘洗干净的大米一同入沙锅,用旺火烧开后转用小火熬煮,待粥快熟时调入精盐、生姜、葱白,再稍煮即成。

【吃法】温热空腹食用,连续食用 10~15 天,宜冬秋季食用。

【功用】补肾气,强筋骨,健脾胃。用于儿童骨骼发育不全等。

栗子羊骨猪肾粥

【原料】栗子 7 枚,羊骨 1 根,猪腰子 1 个,大米 100 克,精盐适量。

【制作】将栗子去壳、切片、晒干、研为细末,猪腰子剖开,去筋膜,切成细粒。羊骨洗净,放入沙锅内,加水适量,煎煮 100 分钟,去骨,取骨头汤与猪腰子和淘洗干净的大米一同入锅,加水适量,以小火煮沸半小时,再加栗子粉,以小火煮至粥面有粥油,加入精盐调味即成。

【吃法】早、晚或晚餐食用。

【功用】补肾强筋壮腰。用于儿童骨骼发育不全等。

羊肝胡萝卜粥

【原料】羊肝 150 克,胡萝卜 50 克,大米 100 克,精盐、味精、黄酒、葱花、姜汁、植物油各适量。

【制作】将羊肝洗净,入沸水内烫一下,捞出洗净,切丁,放入碗内,用黄酒、姜汁渍 10 分钟。胡萝卜刮皮,洗净,切丁。大米淘洗干净。油锅烧热,放入葱、姜煸香,倒入羊肝煸炒,加入精盐和适量水炒至熟,出锅待用。锅中加水适量,放入大米煮沸,倒入羊肝、胡萝卜煮成粥,用精盐、味精调好口味,出锅即成。

【吃法】早、晚或晚餐食用。

【功用】护眼明目,健脑益智。用于小学生视力下降。

罗汉果瘦肉粥

【原料】罗汉果 1 个,猪瘦肉末 50 克,大米 100 克,麻油、精盐、味精各适量。

【制作】罗汉果切薄片。大米淘洗干净,入锅中加水 1 000克,置火上烧开,至米粒开花时加入瘦肉末、罗汉果片、精盐熬煮成粥,再调入味精、麻油。

【吃法】温服,每日 1 剂。

【功用】清肺化痰,消暑解渴,利咽润肠。用于小儿百日咳、支气管炎、慢性咽炎之痰火咳嗽、大便秘结等。

竹笋姜葱肉末粥

【原料】熟冬笋 100 克,葱、姜碎粒 10 克,猪肉末 50 克,大米 100 克,麻油、精盐、味精各适量。

【制作】将熟冬笋切成细丝,用麻油翻炒,再下肉末、姜葱末、精盐炒煮至熟透,起锅、装碗、备用。把大米淘洗干净,下锅加水 1 000克,置火上烧煮,至米烂成粥时投入炒料,稍煮片刻,再入味精调味即成。

【吃法】温服,每日 1 剂,1 次或分次服完。

【功用】除热解毒,清肺化痰,利膈爽胃。用于小儿麻疹、水痘不透。

蕹菜荸荠肉末粥

【原料】蕹菜 150 克,荸荠 50 克,大米 100 克,猪肉末 50 克,麻油、精盐、味精各适量。

【制作】蕹菜拣洗干净,拍破菜梗并切成寸段;荸荠去皮洗净,切成碎粒状。大米淘洗干净,加水 1 000 克煮粥,至米粒快熟烂时投入肉末、荸荠粒、蕹菜、麻油及精盐,再煮片刻下味精调味。

【吃法】温食,每日 1~2 次。

【功用】清热解毒,凉血利尿。用于小儿夏季热。

芹菜牛肉粥

【原料】旱芹菜 100 克,牛肉 50 克,大米 100 克,猪油、精盐、味精各适量。

【制作】芹菜拣洗干净,切成粗粒状;牛肉洗净,横纹切成极薄片。大米淘净后下锅,加水煮至米粒开花时,投入芹菜粒、牛肉片、猪油、精盐等,继续煮片刻,加味精调味。

【吃法】每日食用 1~2 次。

【功用】清热平肝,健胃,祛风,止咳,利湿。用于小儿反胃呕吐、百日咳、尿血等。

猪肉萝卜糯米粥

【原料】 猪瘦肉 100 克,白萝卜 50 克,葱白 15 克,糯米 100 克,黄酒 20 克,麻油、精盐、味精各适量,猪肉汤 1 500 克。

【制作】 将猪瘦肉、萝卜、葱白都切成细丝,糯米淘洗干净。炒锅放入麻油,置火上烧热,投入肉丝、萝卜丝煸炒片刻,再倒入肉汤、糯米、黄酒,大火烧开后改用小火熬成粥,最后调入葱白丝、精盐、味精即成。

【吃法】 温服,每日分次服完。

【功用】 补肾气滋阴,解毒。用于小儿痢疾。

猪肚萝卜粥

【原料】 熟猪肚 150 克,白萝卜、大米各 100 克,姜葱末 20 克,花椒、胡椒粉各 1 克,香醋 10 克,黄酒 15 克,麻油、精盐、味精各适量。

【制作】 将熟猪肚、白萝卜分别切成丝,麻油下锅烧热,煸炒猪肚、萝卜,再下其余各配料,拌炒入味,盛入碗内。大米淘净,加水煮成粥,将前碗内炒料倒入粥中,稍煮二三沸即成。

【吃法】 温服,每日 1 次。

【功用】 益气止渴,补虚损。用于小儿蛔虫病。

牛肚葱蒜粥

【原料】 牛肚 150~200 克,葱蒜末 10~20 克,大米 50 克,麻

油、精盐、味精各适量。

【制作】将牛肚用精盐和水搓洗干净,切成细丝状,放入沙锅中,加入淘洗干净的大米及水适量,上火煲粥,待粥煲成时投入葱蒜末及麻油、精盐、味精,稍煮一二沸即可。

【吃法】温服,每日1次,连服2~3次。

【功用】益气血,健脾胃,助消化。用于小儿病后虚弱,食欲不振,气血不足等。

猪血粥

【原料】猪血150克,米粥500克(含大米150克),鲜鱼肉30克,生姜、葱、酱油、麻油、植物油、胡椒粉各适量。

【制作】米粥按常法煨煲。将凝结的猪血切成方块(约1.5厘米见方),放入沸水中煮约3分钟,熟透后捞出,用冷水冷却,沥干水,放入已煲好的粥内。然后再把粥煮沸。鱼肉切成薄片,入沸水锅中烫透。生姜、葱切成丝,分别放入碗内,用酱油拌过,舀入煮沸的猪血粥,再将植物油、麻油、胡椒粉撒上即成。

【吃法】每日早、晚或晚餐食用。

【功用】健脾和胃,补虚养血。用于小儿厌食症等。

猪肝红糯米粥

【原料】猪肝50克,红糯米100克,白糖适量。

【制作】猪肝洗净、切碎,用豆油适量煸炒;红糯米洗净入锅煮粥至稠,调入猪肝煮 10 分钟,白糖适量调匀。

【吃法】 每日早、晚各 1 次,温食,连食 1~2 周。

【功用】 补血养血。用于小儿贫血。

枸杞羊肾粥

【原料】 枸杞子 250 克,羊肾 1 具,羊肉 60 克,葱白 2 茎,大米 50~100 克,精盐适量。

【制作】 将羊肾剖开洗净,去内膜,切细;再把羊肉洗净后切碎。用枸杞子煎汤后去渣,入羊肾、羊肉、葱白、大米一同熬粥,粥成后加精盐调匀。

【吃法】 早餐食用。

【功用】 温肾补肾。用于脾肾阳虚之小儿遗尿。

大肠黑糯粥

【原料】 黑糯米 120 克,猪大肠 10 厘米。

【制作】 将黑糯米浸透灌入猪大肠内,再加水煲熟,成粥后服之。

【吃法】 早、晚或晚餐食用。

【功用】 润肠固脱。用于小儿脱肛等。

猪心萝卜粥

【原料】 猪心 1 只,白萝卜、大米各 100 克,猪油、精盐、味精各适量。

【制作】将猪心洗净,切成细丝状,萝卜同样切丝。猪油下锅烧热,煸炒猪心、萝卜至熟时加入精盐、淘净的大米及适量水,小火熬煮成粥,调入味精即可。

【吃法】温服,每日1~2次。

【功用】补心定惊。用于小儿自汗等。

牛奶豆腐肉粥

【原料】豆腐小半块,牛奶1汤匙,猪瘦肉1小勺,青菜叶2片,精盐、清汤各少许。

【制作】将豆腐用开水烫一下,切成小丁;猪瘦肉洗净剁成泥,嫩青菜叶剁碎。锅置火上,先加入清汤,烧热,放入豆腐丁、肉泥,烧开,再加入牛奶,稍烧一下,放入青菜末,出锅前加入精盐拌匀,出锅即成。

【吃法】早、晚或晚餐食用。

【功用】补钙壮骨。

肉糜米粥

【原料】五花肉80克,大米200克,葱花、姜末、料酒、白糖、精盐、味精和五香粉各适量。

【制作】将肉洗净,放在案板上剁成肉糜,加入葱花和姜末,放入碗中,调入精盐和匀。大米淘洗干净后入锅,加入适量的水,用大火煮沸,加入肉糜、黄酒和白糖,改用小火煨炖 1 小时,粥将成时,撒入味精和五香粉,搅拌均匀即成。

【吃法】早、晚或晚餐食用。

【功用】补钙壮骨。

菠菜肉粥

【原料】菠菜 150 克,肉(切碎)50 克,大米 100 克,植物油、精盐和黄酒各适量。

【制作】将大米淘洗干净,放入锅中,用适量的水煮至米半熟时,加入切碎的肉以及植物油、黄酒、菠菜和精盐煮熟即成。

【吃法】早、晚或晚餐食用。

【功用】补钙壮骨。

肉末菜粥

【原料】大米 125 克,猪瘦肉末 75 克,青菜 100 克,植物油 25 克,酱油、精盐、葱花、生姜末各适量。

【制作】将米淘洗干净,放入锅内,加入适量水,用大火烧开后,转用微火煮透,熬成粥。将青菜切碎成末,然后将油倒入锅内,下入肉末炒散,加入葱花、生姜末、酱油炒匀,投入碎青菜末炒几下,倒入米粥内,加入精盐,调好口味,继续同煮即成。

【吃法】随量食用。适合 7 个月以上婴儿食用。

【功用】补充维生素。富含蛋白质、脂肪、糖类、钙、磷、铁及

维生素 B₁、维生素 B₂、维生素 C、烟酸等多种营养素,有助于促进
婴儿生长。

豆苗碎肉粥

【原料】豆苗 200 克,碎肉 200 克,米适量。

【制作】将豆苗捣碎,碎肉搅烂并加入少许水备用。把米洗
净,加入适量水,煲 30 分钟左右。把碎肉加入粥中煮熟,然后加入
碎豆苗煮熟,再加入适量调味料即成。

【吃法】早、晚或晚餐食用。

【功用】补充维生素。

绿豆猪肝粥

【原料】绿豆 50 克,猪肝 100 克,大米 100 克。

【制作】将绿豆与淘洗干净的大米一同入锅,加 1 000 克水,
用大火烧开后转用小火熬煮成稀粥,再放入洗净切成片的猪肝,煮
至肝熟即成。

【吃法】日服 1 剂,分 3 次吃完,经常食用。

【功用】清热补肝,养血明目。用于小儿夜盲症。

健儿禽肉粥

鸭心汤粥

【原料】 大米 30 克,鸭心 3 个,精盐适量。

【制作】 鸭心切开,除去鸭心内的淤血并洗净。米洗净,加入浸过米面的水浸 1 小时(米浸软能加速煲烂)。把适量的水放入小煲内煲滚,放入米及浸米的水,鸭心也放入煲内煲滚,慢火煲成稀糊状,取出鸭心,放入少许精盐调味。待温度适合时,便可喂婴儿。也可以把鸭心剁至极烂,待粥快煲成时,将鸭心倒入粥内搅匀煲熟。婴儿的粥必须煲得很烂才可喂食。如米烂水已干,要加适量开水。如需节省时间,可将米用搅拌机磨碎后煲,否则难消化。

【吃法】 每日可喂 1 次,每次小半碗。适合 5 个月以上婴儿食用。

【功用】 滋阴补益,强身健体。

鸡肝粥

【原料】 大米 30 克,鸡肝 15 克,鸡架汤 50 克,酱油适量。

【制作】 将大米洗净放入水中浸泡片刻,备用。将鸡肝放入水中煮,除去血后再换水煮10分钟,取出,剥去鸡肝外皮,将肝放入碗内研碎。将鸡架汤放入锅内,加入浸泡好的大米,煮粥,粥快熟时加入研碎的鸡肝,继续煮至粥稠,加入少许酱油,搅匀即成。

【吃法】每日可喂1~2次,每次1小碗。适合8个月以上婴儿食用。含有丰富的蛋白质、钙、磷、铁、锌及维生素 A、维生素 B₁、维生素 B₂ 和烟酸等多种营养素。尤以维生素 A、铁含量较高,可防治贫血和维生素 A 缺乏症。鸡肝要研碎,煮成粥糊状给婴儿喂食。

【功用】富有营养,强身健体。用于断奶辅助食品。

鸡肉粥

【原料】大米50克,鸡肉末30克,植物油5克,酱油3克,精盐1克,葱、姜末各少许。

【制作】将大米淘洗干净,放入锅内,加入适量水,用大火煮开,转小火熬至黏稠。炒锅置火上,放入植物油,鸡肉末炒散,加入葱姜末、酱油搅匀,倒入米粥锅内,加入精盐调好味,用小火煮几分钟即成。

【吃法】随量食用。适合7~8个月以上婴儿食用。富含蛋白质、糖类、钙、磷、铁及 B 族维生素等营养素,有助于促进小儿生长。

【功用】富有营养,强身健体。用于断奶辅助食品。

什锦粥

【原料】大米30克,鸡肉20克,胡萝卜、洋葱、番茄各适量。

【制作】将大米洗净,浸于水中 1 小时以上;将鸡肉切成细丝;胡萝卜、洋葱、番茄分别切成米粒大小。将上述原料放入锅中,煮沸,再用小火续煮 20~25 分钟(记得搅拌数次)。煮熟烂后即可离火稍冷片刻即可喂食。为了达到婴儿膳食的平衡,制作婴儿粥的原料应该有一定的比例:大米、荤菜、蔬菜之比为 3:2:1,即米与菜各半,菜中荤菜比蔬菜多 1 倍。例如大米 30 克、荤菜 20 克、蔬菜 10 克。在煮粥的过程中可以加少量植物油,既提供了热能,又可增加食物的香味,促进婴儿的食欲。

【吃法】每日可喂 1~2 次,每次 1 小碗。适合 9 个月以上婴儿食用。

【功用】富有营养,强身健体。用于断奶辅助食品。

海带鸡肉粥

【原料】鸡胸脯肉 30 克,大米 50 克,海带鲜汤 150 克,菠菜 1 棵,酱油、白糖适量。

【制作】将鸡胸脯肉去筋,切成小块,用酱油和白糖腌一下;将菠菜炖熟并切碎。大米用海带鲜汤煮成粥,再放入菠菜、鸡肉同煮。

【吃法】每日可吃 2~3 次,每次 1 小碗。

【功用】富有营养,强身健体。由于鸡肉是滋补力极强的食物,加之海带鲜汤的丰富碘质,菠菜中的铁元素,这道粥能提供给孩子强力的滋补力量。经常食用此粥可使孩子充满活力,而且精力充沛,惹人喜爱。

鹌鹑粥 ❧❧❧

【原料】大米 30 克,净鹌鹑 1 只。

【制作】将鹌鹑去皮洗净,切成大块,为防止有碎骨,可用经消毒的煲汤袋盛着。大米洗净,用水浸泡约 2 小时,浸泡过的米连水一起煲滚,加入装有鹌鹑的袋;滚开后,改用中火煲约 45 分钟,然后熄火等 5 分钟即可。

【吃法】每日可吃 2~3 次,每次 1 小碗。

【功用】富有营养,强身健体。

鸡茸玉米粥 ❧❧❧

【原料】鸡胸肉 30 克,蛋白 2 个,玉米浆 50 克,精盐 7 克,鲜汤 200 克,太白粉水 50 克。

【制作】鸡胸肉洗净后,剔除外皮和杂质,先用刀刮出鸡肉,再剁细。蛋白打散,慢慢加入鸡肉中拌匀,并加少许酒、盐调味。鲜汤烧开,放入玉米浆及少许盐和太白粉水,然后加入鸡茸,一煮开即熄火,盛出食用。

【吃法】每日可吃 2~3 次,每次 1 小碗。

【功用】富有营养,强身健体。

乌鸡肝豆豉粥 ❧❧❧

【原料】乌鸡肝 1 副,豆豉 10 克,大米 100 克。

【制作】将乌鸡肝洗净切细,先煎豆豉取汁,后入肝及大米煮成粥即成。

【吃法】佐餐食用。

【功用】养肝明目。尤其适用于小儿肝虚之视物不清或夜盲者。

粟米鸡爪粥

【原料】米1杯,鸡爪300克,玉米粒半杯,姜丝少许,葱1根,盐1茶匙,胡椒粉少许。

【制作】米洗净后用少量油拌匀。鸡爪剁去爪尖,切成两段、洗净,用开水烫一下。葱切葱花。水12杯烧开,加入粟米粒、玉米粒与鸡爪煮开,转中火煮约30分钟。最后加盐与胡椒粉调味,撒上葱花与姜丝即可。

【吃法】早、晚或晚餐食用。

【功用】补肝益气,养血生血。

核桃仁乌鸡粥

【原料】乌骨母鸡1只,核桃仁30克,大米100克,精盐、葱、生姜各适量。

【制作】将乌骨鸡按常法收拾干净,加水煮烂,再将核桃仁研碎水搅滤汁。以乌鸡汁加米煮粥,米熟后将核桃仁汁加入再煮,加入精盐、葱、生姜等调料,稍煮即成。

【吃法】早、晚或晚餐食用。

【功用】滋补肝肾，养血润肠。

鸡肚双芽粥

【原料】鸡内金10克，牛肚100克，谷芽、麦芽各30克，大米50克，精盐、味精各适量。

【制作】将鸡内金、谷芽、麦芽同装入纱布袋内待用；将牛肚用沸水烫透刮净，切成小丁；将大米、布袋、牛肚丁一起放入锅内加适量水，煮至烂熟，加精盐、味精调味。

【吃法】早、晚或晚餐食用。

【功用】健脾开胃，消积导滞。用于营养不良及消化不良。

鸡汁粥

【原料】母鸡半只，大米100克。

【制作】母鸡洗净，煮取鸡汤，以鸡汤分次同大米煮粥。

【吃法】早、晚或晚餐食用。

【功用】补气益血，滋养五脏。用于病后羸瘦，气血亏损所致的一切虚弱病症。外感发热及属实热证者不宜食用。

葱白鸡粥

【原料】鸡肉500克，葱白50克，香菜15克，大枣10粒，生姜

25 克,大米 150 克。

　　【制作】葱白、香菜洗净,切碎。大枣(去核)、大米洗净。生姜去皮,拍扁,切碎。鸡洗净切块。将鸡、大米、生姜、大枣一齐放入水锅内,大火煮滚后,改小火烫 1 小时,粥成放入葱白、香菜调味。

　　【吃法】早、晚或晚餐食用。

　　【功用】滋阴养心,健脑益智。用于增强学习记忆能力。

鸽子大枣粥

　　【原料】鸽子 1 只,大枣 15 枚,发菜 10 克,大米 100 克,精盐适量。

　　【制作】将鸽子宰杀洗净,切成小块,与淘洗干净的大米、大枣和发菜一同煮粥,调入精盐。

　　【吃法】早、晚或晚餐食用。

　　【功用】温补气血,解毒除湿,调精益气,补肝肾,益精血。用于神经性皮炎。

乌鸡粥

　　【原料】母乌鸡 1 只,糯米 100 克,葱白 3 段,花椒、精盐各适量。

　　【制作】将鸡去毛及内脏,切块,洗净,煮烂,再加入糯米及葱、花椒、盐调味。

　　【吃法】早、晚或晚餐食用。

【功用】 滋养气血,强筋健骨。用于儿童骨骼发育不全等。

鸡肝蛋皮粥

【原料】 鸡肝 50 克,大米 100 克,鸡蛋 1 个,精盐、味精各适量。

【制作】 将鸡肝洗净,剁成泥,用麻油煸炒一下。鸡蛋去壳打匀,锅内放油少许煎成蛋皮,切碎。大米淘洗干净,入锅,加水适量,煮粥至米开花,调入鸡肝、蛋皮、精盐和味精,稍煮至粥稠即成。

【吃法】 早、晚或晚餐食用。

【功用】 补钙。用于儿童骨骼发育不全,小儿佝偻病。

青鸭粥

【原料】 青头鸭 1 只,大米 100 克。

【制作】 将青头鸭宰杀后去净毛、肚杂,用水清洗干净后切成块状,再与大米一同入水煮之,鸭肉烂熟后粥成食之。

【吃法】 早、晚或晚餐食用。

【功用】 清热育阴,消肿利尿。用于小儿肾炎。

鸡肝姜葱粥

【原料】鸡肝 50 克,姜葱末 5 克,胡椒 1 克,大米 100 克,麻油、精盐、味精各适量。

【制作】将鸡肝洗净,切成碎粒状。大米淘洗干净下锅,加水1 000克烧开,熬煮成粥,放入鸡肝及其他配料,稍煮即成。

【吃法】温服,每日1剂。

【功用】补肝补肾,壮阳明目。用于小儿遗尿。

荷花鹌鹑粥

【原料】荷花4朵,鹌鹑2只,鸡蛋清100克,熟瘦火腿25克,山药100克,植物油100克,鲜汤1 000克,黄酒25克,葱花10克,生姜片10克,胡椒粉1克,白糖2克,湿淀粉35克,精盐、味精各适量。

【制作】将荷花取瓣洗净。将鹌鹑宰杀去毛,剖腹取出内脏,斩去头、爪,洗净,放入盆中,加入鲜汤、葱花、生姜片、黄酒、味精,上笼蒸烂,取出,剔去骨头,切成米粒状,原汤过滤后待用。再将山药洗净,蒸熟,去皮,压成泥茸,再用少许鲜汤调开。蛋清用筷子抽打起泡。火腿切成末。炒锅上火,放油烧热,加入黄酒、鲜汤、鹌鹑丁、山药泥、荷花片,以及蒸鹌鹑过滤的原汤,加入白糖、味精、胡椒粉,待烧开后,尝好口味,用湿淀粉勾稀芡,再将鸡蛋清倒入锅内搅散,放入汤盘内,撒上胡椒粉即成。

【吃法】早、晚或晚餐食用。

【功用】清心降压,和胃益肾。用于小儿脱肛等。

鸡肝鸡蛋粥

【原料】鸡肝50克,大米100克,鸡蛋1个,精盐、味精各适量。

【制作】将鸡肝洗净,剁泥,麻油适量煸炒。鸡蛋去壳打匀,锅内放油少许煎成蛋皮,切碎。大米淘洗干净,入锅,加适量的水,煮粥至米开花,调入鸡肝、蛋皮、精盐和味精,稍煮至粥稠即成。

【吃法】早、晚分食,温服。

【功用】补钙。用于小儿佝偻病。

鸽肉米粥

【原料】肉鸽 1 只,大米 100 克,红糖 20 克,黄酒和精盐各适量。

【制作】将肉鸽宰杀,去杂洗净,投入沸水中烫一下,取出沥水,将鸽肉剔下来剁碎呈糜糊状。将肉鸽骨架等放入锅中,加入适量的水,中火煨煮 1 小时,烹入黄酒再煮一沸,去骨取煎煮的汤汁待用。大米淘洗干净后,倒入锅中,加入煎煮好的肉鸽汤汁,以大火煮沸,投入肉鸽糜糊搅拌均匀,继续用小火煨煮至糜糊熟烂、粥呈稠黏状,撒入红糖以及少许精盐拌匀即成。

【吃法】早、晚或晚餐食用。

【功用】补锌强身。

健儿河鲜粥

鱼茸麦麸粥

【原料】麦麸 50 克,蒸熟的鱼适量。

【制作】麦麸放入碗中加入水 75 克浸 20 分钟,用汤匙搅拌。取鱼蒸熟后,选择鱼背或鱼脯上的肉(因为这两部分的细刺较少),小心拣去鱼刺,把鱼肉放在碗中弄碎,只要 15 克已够,放入小煲内,加水适量,煲滚,放下麦麸煲滚,慢火煲成很烂的稀糊,放少许盐拌匀再煲片刻即成。待温度适合时,便可喂婴儿进食。

【吃法】每日可喂 1 次,每次小半碗。适合 6 个月左右婴儿食用。

【功用】富有营养,强身健体。

鱼香粥

【原料】大米 30 克,木耳 1 片,青菜叶 2 片,番茄 20 克,鱼肉、白酱油各适量。

【制作】将大米洗净,浸泡在水中待用;木耳切成碎粒;将鱼肉用开水烫一下,沥干后切碎;青菜去梗留叶,切碎,番茄切成碎丁。锅中放入浸泡过的大米及泡米水,将锅置火上煮开,依序将木耳、鱼肉放入米锅里煮 5 分钟,番茄放入煮 3 分钟,最后粥熟时将青菜叶及调味料入锅,焖煮 3 分钟后熄火。

【吃法】 每日可喂 1~2 次,每次 1 小碗。很适合牙齿长得不健全的婴儿,但须把原料切得很碎,如果用肋骨汤汁来煮会更加美味。但体重超重的婴幼儿则不需再添肋骨汤,此煮法就能获得充分的养分,不过青菜、番茄要用开水烫一下,尤其是青菜叶,烫完后挤干水分,待汤汁煮好时才放入。

【功用】 富有营养,强身健体。用于断奶辅助食品。

豆腐鱼肉粥

【原料】 大米 50 克,豆腐蒸鱼酌量。

【制作】 把已蒸熟的豆腐蒸鱼,拣去鱼骨,取鱼肉及豆腐弄碎,加入少许蒸鱼的生抽、熟油,分量大约各 15 克或视食量而定。将大米洗净,加入浸过米面的水浸 1 小时。把适量的水放入小煲内煲滚,放入米及浸米的水煲滚,慢火煲成浓糊状的烂粥,加入豆腐、鱼肉搅匀煲滚,即可熄火。待温度适合时,便可喂幼儿进食。

【吃法】 每日可吃 2~3 次,每次 1 小碗。

【功用】 富有营养,强身健体。由于鱼和豆腐都是蛋白质丰富的食物,而且容易消化。煲粥时,当粥渐干黏稠时要搅动,以免粘锅底。

牛蛙粥

【原料】 牛蛙 1 只,大米 50 克,精盐、葱、生姜适量。

【制作】牛蛙去皮及内脏洗净,切成小块,去掉骨头。将牛蛙肉与大米同放入锅内加适量水煮,煮至肉烂粥熟时,放入调味料调味即可。

【吃法】每日可吃 2~3 次,每次 1 小碗。

【功用】补虚羸,利水。用于小儿腹大体弱,皮肤干燥,头发焦枯等症。

蔬菜鱼肉粥

【原料】鱼白肉 30 克,胡萝卜 20 克,海带鲜汤 150 克,白萝卜 20 克,酱油少许,大米 50 克。

【制作】将鱼骨剔净,鱼肉炖熟并捣碎;将萝卜、胡萝卜用擦菜板擦成菜泥。将大米、海带鲜汤及鱼肉、蔬菜等倒入锅内同煮,煮至黏稠时放入酱油调味。制作要点是:鱼骨、鱼刺一定要剔除干净,红、白萝卜泥中要注意没有大的颗粒出现,以免孩子食用时出现安全问题。

【吃法】每日可吃 2~3 次,每次 1 小碗。

【功用】富有营养,强身健体。鱼白肉是很好的蛋白质来源,而且还含有丰富的无机盐。红、白萝卜中丰富的维生素是孩子增强抵抗力的重要物质。

丝瓜虾米粥

【原料】丝瓜 500 克,大米 100 克,虾米 15 克,生姜葱适量。

【制作】丝瓜连皮洗净,切块备用;大米加适量清水煮粥,将熟时加入丝瓜、虾米及其他配料。

【吃法】每日可吃 2 ~ 3 次,每次 1 小碗。

【功用】强身健体,清热和胃,化痰止咳。

苋菜鱼肉粥

【原料】大米 40 克,蒸熟的鱼肉 15 克,苋菜 1 ~ 2 棵。

【制作】鱼蒸熟后(最好选鱼脯,因鱼脯无幼骨),拣出鱼肉弄碎。苋菜洗净,放入滚水中烫软捞起,滴干水,剁细。大米洗净,加入浸过米面的水浸 1 小时。水 1 杯或适量,放入小煲内煲滚,放入米及浸米的水煲滚,慢火煲成浓糊状的烂粥,放入苋菜搅匀煮黏,下鱼肉及少许盐搅匀,煲滚即可。待温度适合时,便可喂幼儿进食。

【吃法】每日可吃 2 ~ 3 次,每次 1 小碗。

【功用】富有营养,强身健体。苋菜所含的铁质、钙质、蛋白质均非常丰富,俗语说:“六月苋,当鸡蛋,七月苋,金不换。”由此可见其营养价值之高。同时,苋菜的梗和叶都比较柔软,很适合幼儿食用。在药用方面,对肠炎、便秘、甲状腺肿大都有食疗功效。由于苋菜含草酸较多,煮时最好先用滚水烫过,这样草酸可溶于水,能去掉涩味。其他适合幼儿吃的蔬菜都可以用此方法烹调。

鱼肉牛奶粥

【原料】大米 50 克,鱼白肉 40 克,牛奶 100 克,精盐适量。

【制作】将鱼肉拾掇干净,炖熟并捣碎。将大米洗净后放入小锅内,加水煮开。将鱼肉放在粥中煮熟,再加牛奶煮至翻滚,再加精盐调味。在制作时千万注意鱼刺要剔除干净,以免刺伤喉咙。

【吃法】每日可吃 2~3 次,每次 1 小碗。

【功用】富有营养,强身健体。

鱼生粥

【原料】大米 50 克;草鱼肉 50 克,酱油 10 克,香菜 2 克、黄酒、盐、味精、麻油各 3 克。

【制作】将大米洗净后放入锅内,加水用大火煮沸,再转中火煮 30 分钟,加盐、味精、麻油稍搅即成咸味粥。将草鱼肉切薄片,加黄酒拌一下,香菜 2 克切末。鱼片、葱姜末各 3 克放入碗内,加入适量酱油与热粥混匀。吃的时候还可加炒熟的芝麻 25 克和香菜末拌匀。

【吃法】每日可吃 2~3 次,每次 1 小碗。

【功用】补胃暖中。尤其适用于脾胃虚寒的幼儿。

翡翠鱼粥

【原料】鳜鱼肉 50 克,荠菜 50 克,鸡蛋清 1 个,植物油、鲜汤、生粉、黄酒、胡椒粉、精盐、味精、葱油各适量。

【制作】鳜鱼肉洗净,剔除骨刺,将肉切成小粒,然后用蛋清、味精、盐、胡椒粉、酒上浆待用。荠菜亦洗净,剁成细末;在油锅中略煸并加入鲜汤烧开。划油锅,当油温至三四成热时,倒入上过浆的鱼米划油,并少许注入适量鲜汤烧开。在净锅内,注入鲜汤,加盐、味精,倒入荠菜及鱼粒,待烧沸后用生粉勾薄芡,淋上葱油即可。

【吃法】每日可吃 2~3 次,每次 1 小碗。鳜鱼肉含高蛋白,鲜嫩可口;荠菜又被称为护生菜,即养护众生之意,它的蛋白质、钙、维生素 C 的含量尤多。两者以生粉合制作成糊粥状给幼儿食用,可谓鲜美异常,百吃不厌。

【功用】富有营养,强身健体。

黄鳝小米粥

【原料】黄鳝 1 条,小米 50~100 克,精盐少许。

【制作】将黄鳝去内脏,洗净细切,后加盐与小米煮为粥。

【吃法】佐餐食用。

【功用】益气补虚。尤其适用于小儿气虚,营养不良,食欲不振者。

鲫鱼粥

【原料】鲫鱼肉 300 克(切脍),大米 100 克,盐、胡椒、葱适量。

【制作】米和鱼脍煮成粥,待熟,放盐、胡椒、葱调味,随意食。

【吃法】早、晚或晚餐食用。

【功用】温中,散寒,止痢。尤其适用于小儿脘腹虚冷作痛,下痢赤白者。

甲鱼糯米粥

【原料】甲鱼1只(重约500克),糯米100克,鲜汤1000克,精盐、黄酒、麻油、胡椒粉、葱花、生姜块各适量。

【制作】将甲鱼宰杀后,用刀剁去头,去掉硬盖、尾及爪尖,弃肠杂,用水洗净,剁成小块,在开水锅中略煮一下,捞出,用刀慢慢地刮去黑皮,再清洗一遍。另取锅置火上,放入麻油烧热,投入甲鱼,迅速翻炒大约3分钟,无血水时加入黄酒、葱花、生姜块、肉汤,用旺火烧开,转用小火炖烂。打开锅盖,将鱼骨刺及葱、生姜拣去不用,加入洗净的糯米、精盐,调整一下水量,小火煮成粥,调入麻油、胡椒粉拌匀即成。

【吃法】早、晚或晚餐食用。

【功用】滋阴补虚。

甲鱼猪肚粥

【原料】甲鱼1只(重约500克),猪肚250克,糯米100克,黄酒10克,生姜15克,胡椒粉5克,鲜汤1000克,植物油、精盐、味精各适量。

【制作】将甲鱼宰杀后,剁去头,去掉甲壳、尾及爪尖,弃肠杂,用水反复洗净,切成小块,放入开水中煮一下,捞出,刮去黑皮,洗净。猪肚用精盐多揉几次,刮去内层黏液,再用水洗净,切成薄片。生姜洗净切成片。炒锅上火,放油烧热,放入甲鱼,迅速翻炒5分钟,加入黄酒、生姜片略炒,再放入鲜汤、猪肚、淘洗干净的糯米,置旺火上煮,水沸后,改用小火继续煮至甲鱼熟烂、糯米开花时,放入精盐、胡椒粉、味精调味即成。

【吃法】早、晚或晚餐食用。

【功用】健脾益胃,滋补肝肾。

水蛇薏苡仁粥

【原料】水蛇1条,薏苡仁50克,大米50克,精盐、味精各适量。

【制作】将水蛇宰好剥皮去内脏,洗净后放入开水锅中煮熟,拆肉去骨,与淘洗干净的大米、薏苡仁一同放入沙锅中,加水适量,用旺火烧开,再用小火煮成粥,加精盐、味精调味即成。

【吃法】每日分数次食用。

【功用】清热利湿,解毒。用于湿疹、皮炎等。

蚌肉黄花菜粥

【原料】蚌肉30克,黄花菜15克,丝瓜络10克,大米100克,精盐适量。

【制作】将黄花菜、丝瓜络水煎取汁,与淘洗干净的大米一同放入沙锅中,酌加水,用旺火烧开,再用小火煮成粥,加入精盐调味。

【吃法】分数次食用，一日内吃完。

【功用】利湿清热，解毒凉血，散风。用于皮肤瘙痒。

蟹肉粥

【原料】新鲜湖蟹 2 只，大米 50 克，生姜、食醋、酱油各适量。

【制作】取出蟹肉和蟹黄，再将淘洗干净的大米入锅，加水 500 克，用旺火烧开后转用小火熬煮，加入蟹肉和蟹黄，以及生姜、食醋和酱油，稍煮即成。

【吃法】每日温热食用。

【功用】滋养气血，接骨续筋。用于儿童骨骼发育不全等。

蟹肉莲藕粥

【原料】新鲜湖蟹 2 只，莲藕 100 克，大米 50 克，鸡蛋 2 只，杜仲 3 克，植物油 15 克，精盐、葱、生姜各适量。

【制作】将莲藕洗净去皮切成丝，泡在水里。鸡蛋打开，分离蛋清、蛋黄，备用。螃蟹洗净去壳和鳃，切下蟹脚，取出蟹黄与鸡蛋黄混匀。螃蟹躯干切成放射状的八等份。螃蟹壳和足用菜刀轻敲，脚端切断。锅置火上，放植物油烧热，放入葱、生姜丝煸出香味，放入蛋壳、蟹壳和蟹脚煸炒，发出香味时加水 150 克和杜仲，加盖用中火煮 40 分钟左右，然后过滤取汁，与淘洗干净的大米一同入锅，加入莲藕及浸汁，用小火煮 90 分钟左右，粥将熟时加入螃蟹块,用少量精盐调味,蛋清、蛋黄和蟹黄依次调入粥内,最后将蟹脚置于粥面上即成。

【吃法】早、晚或晚餐食用。

【功用】散血结,行淤阻,续筋骨,健脾胃,泻诸热。用于儿童骨骼发育不全等。

鳗鱼粥

【原料】鳗鱼1尾,大米250克,精盐、生姜、葱白各适量。

【制作】将鳗鱼自肚腹剖开,去除内脏及鱼鳃,用清水漂洗干净,切成小块。大米淘洗干净,与鳗鱼肉一同放入锅中,加入精盐、生姜、葱白和水适量,用旺火烧开后转用小火熬煮30分钟左右,至米烂粥熟即成。

【吃法】早、晚或晚餐食用。

【功用】益肾补虚,祛风除湿。用于儿童骨骼发育不全等。

鳝鱼粥

【原料】鳝鱼500克,大米60克,香醋6克,黄酒6克,葱3克,生姜3克,蒜3克,精盐6克,味精1克,胡椒粉1克,麻油9克。

【制作】将鳝鱼剖背脊后去骨、内脏、尾、头,切丝待用。将淘洗干净的大米放入沙锅中,加水1 250克,用旺火烧开后转用小火熬煮至粥将成时,加入鳝鱼丝、香醋、黄酒、葱花、生姜末、精盐,继续煮至粥成,加入味精、胡椒粉、蒜末、麻油即成。

【吃法】 早、晚或晚餐食用。

【功用】 逐风邪,除湿痹,补虚损,益五脏。用于儿童骨骼发育不全等。

虾米韭粟粥

【原料】 虾米 30 克,韭菜 100 克,嫩姜丝 10 克,大米 100 克,猪油、精盐、味精各适量。

【制作】 将虾米拣洗干净,以温水浸泡;韭菜洗净,切成寸段备用。大米淘洗干净后入锅,加适量水烧开,至米粒开花时投入虾米、姜丝、精盐、猪油,继续熬煮成粥,最后下韭菜、味精,稍煮即成。

【吃法】 温服,每日 1~2 次。

【功用】 托里解毒。用于小儿痘疹难出。

鲫鱼粟米粥

【原料】 鲫鱼 1 条(重约 250 克),粟米 100 克,葱白、生姜末、精盐、黄酒、香醋、味精、麻油各适量。

【制作】 将粟米去杂,用水浸泡发涨,再反复淘洗干净,待用。把鲫鱼用水洗一遍,去鳞、鳃及内脏,再清洗干净,待用。将煮锅刷洗净,放入鲫鱼,加水、黄酒、葱白、生姜末、香醋、精盐,用大火煮沸后改用小火将鱼肉煮烂,用汤筛过滤,去渣留汁,加入粟米煮成稀粥,加入味精,滴入麻油即成。

【吃法】每日早、晚分食。

【功用】清热解毒,益气健脾,利尿消肿。用于小儿厌食症等。

鲈鱼肉粥

【原料】净鲈鱼肉100克,生姜10克,精盐5克,猪五花肉60克,味精3克,麻油25克,胡椒粉2克,大米100克,植物油2克。

【制作】将鲈鱼肉、猪五花肉分别用水洗净,取刀切成米粒大小的碎末,加入植物油拌匀。大米中的杂质拣净,用水淘洗干净。将生姜去外皮,切成碎末,加入植物油拌匀。煮锅刷洗净,加水适量,上火烧,把大米放入锅煮,水煮沸后,加入鱼肉、猪肉、生姜末、精盐,共煮成粥。再调入麻油、味精、胡椒粉调拌匀即成。

【吃法】早、晚或晚餐食用。

【功用】补益五脏,强壮筋骨,利肠养胃。用于小儿营养不良、小儿百日咳等。

黄鳝薏苡仁粥

【原料】黄鳝1条,薏苡仁60克。

【制作】将黄鳝加工洗净,与洗净的薏苡仁一同入锅,加水适量,用大火烧开,再转用小火熬煮成粥。

【吃法】每日1次,连服5~7天为1个疗程。

【功用】补虚强筋。用于小儿脱肛等。

甲鱼粥 ❧

【原料】 甲鱼 500 克,精盐 5 克,黄酒 25 克,猪油 50 克,胡椒粉 10 克,葱头 25 克,姜块 25 克,肉汤 1 500 克,糯米 100 克。

【制作】 将甲鱼剁掉头,去掉硬盖、尾和爪尖,除去内脏,洗净,切成小块,在开水锅中煮一下,捞出刮去黑皮;炒锅烧热,下猪油,投入甲鱼块,炒至无血水时加入黄酒、葱、姜、肉汤,烧开,改用小火炖烂,将甲鱼骨刺等及葱、姜拣去不用,再加入淘洗干净的糯米、精盐熬煮成粥,调入胡椒粉即成。

【吃法】 每日分次食用。

【功用】 补劳伤,益阴气,滋阴清热,补肝益肾。用于小儿脱肛等。

虾仁鸡蛋粥 ❧

【原料】 鲜白米虾仁 50 克,大米 100 克,鸡蛋 1 个,麻油、精盐、味精各适量。

【制作】 将白米虾仁洗净,剁成茸,用适量麻油煸炒。鸡蛋去壳打匀,锅内放少许油,下蛋液煎成蛋皮,切碎。大米淘洗干净,入锅,加适量的水,煮粥至米花,调入虾仁、蛋皮、精盐和味精,稍煮至粥稠即成。

【吃法】 早、晚分食,温服。

【功用】 补钙。用于小儿佝偻病。

健儿海鲜粥

鱼干补钙粥

【原料】大米 250 克,小鱼干 50 克,虾皮 50 克,精盐 10 克。

【制作】大米淘洗干净,加水熬煮成粥。将小鱼干和虾皮用水洗净、泡软、切成末,放入粥中,加精盐搅拌均匀,稍煮几分钟即可。

【吃法】随量喂食。适合 6 个月左右婴儿食用。

【功用】富有营养,强身健体。

丝瓜虾米粥

【原料】丝瓜 500 克,大米 100 克,虾米 15 克,生姜、葱各适量。

【制作】将丝瓜洗净,去瓤切块备用;大米洗好备用。锅内加水,上火烧开,倒入洗好的大米煮粥,将熟时,加入丝瓜块和虾米及葱、生姜烧沸入味即成。

【吃法】每日可喂 1~2 次,每次 1 小碗。适合 7 个月以上婴儿食用。丝瓜含有皂甙、丝瓜苦味素、瓜氨酸、木聚糖、脂肪、蛋白质、维生素 B、维生素 C 等成分。

【功用】 富有营养,强身健体。用于婴儿呼吸系统娇嫩,易受外部感染者;常食此粥,可减少慢性支气管炎、咳嗽、咽喉肿痛等病症的发生。

鱼肉松粥

【原料】 大米 125 克,鱼肉松 75 克,菠菜 50 克,精盐 2 克。

【制作】 将大米淘洗干净,放入锅内,倒入 1 250 克水用大火煮开,再转为微火煮至黏稠,备用。将菠菜用开水烫一下,捞出沥水,切成碎末,放入锅中粥内,加入鱼肉松、精盐,调好口味,用微火再煮几分钟即成。

【吃法】 每日可喂 1~2 次,每次 1 小碗。适合 7 个月以上婴儿食用。大米、鱼肉、菠菜都含有较多的蛋白质和维生素。

【功用】 富有营养,强身健体。用于断奶辅助食品。

黄花鱼粥

【原料】 大米 50 克,小黄花鱼 1 条,精盐、味精、黄酒、葱花、生姜末各适量。

【制作】 将小黄花鱼去鳞、内脏、头,洗净,放入开水中烫一下捞出,剔除刺和骨。将大米淘洗干净,倒入烫鱼的水中,用大火烧开后转小火熬至米汤见浓稠时,加入鱼肉、葱花、生姜末,再加入黄酒、精盐轻轻搅匀,再加盖焖煮,直至焖成稠粥时,加入味精,即可

食用。

　　【吃法】每日可吃 2～3 次,每次 1 小碗。

　　【功用】富有营养,强身健体。

山药对虾粥

　　【原料】山药 30 克,对虾 1～2 个,大米 50 克,精盐、味精各适量。

　　【制作】将大米洗净;山药去皮,洗净,切成小块;对虾择好洗净,切成两半备用。锅内加水,放入大米,烧开后加入山药块,用小火煮成粥,待粥将熟时,放入对虾段,加入精盐和味精即成。制作时大米要先于山药入锅,以利熟烂。

　　【吃法】每日可吃 2～3 次,每次 1 小碗。

　　【功用】健脾养胃,强身健体。

薯鱼粥

　　【原料】马铃薯 30 克,海鲜鱼肉 50 克,火腿 1 片,洋葱 20 克,牛奶 150 克,大米 50 克。

　　【制作】鱼肉洗净,抹干水切成肉茸;马铃薯去皮,洋葱洗净都切成小粒,火腿也切成小粒。将大米洗净后放入锅内,加水煮开,先放入鱼肉茸、马铃薯粒,煮 10 分钟后,再放入洋葱粒、火腿粒煮至粥将成时,放入牛奶继续煮至牛奶翻滚即可熄火。

　　【吃法】每日可吃 2～3 次,每次 1 小碗。

【功用】营养丰富,强身健体。

鱼茸粥

【原料】大米50克,小黄鱼1条,精盐、味精、黄酒、葱花、生姜末各适量。

【制作】将小黄鱼去鳞、内脏和头,洗净后,放入沸水锅内烫一下捞出,剔除刺和骨。将大米淘洗干净,倒入烫鱼的水中,用大火烧开后,转小火熬煮,待大米熬至米汤见浓稠时,加入鱼肉、葱花、生姜末,再加入黄酒、精盐轻轻搅匀,再加盖焖煮,直至焖成黏粥时,加入味精,轻轻搅匀,即可食用。

【吃法】随量食用。

【功用】富有营养,强身健体。

鱼肉粟米粥

【原料】无细骨的海鲜鱼肉50克,粟米茸半罐,生姜2片,胡萝卜30克,盐5克,生粉10克,植物油8克,鲜汤300克,糖20克。

【制作】将鱼肉洗净,抹干水,切成鱼茸,加入适量盐、生粉拌匀,盛在碟中,放2片生姜,蒸8分钟至熟,取出姜不要。起锅,放入鲜汤煮滚,放入粟米茸、鱼肉茸、切碎的胡萝卜粒及糖、盐煮滚,勾芡即成。

【吃法】每日可吃2~3次,每次1小碗。

【功用】富有营养,强身健体。

虾皮肉末青菜粥

【原料】大米或小米 50 克,虾皮 10 克,瘦肉 30 克,青菜 40 克,葱花、酱油各适量。

【制作】将虾皮、瘦肉、青菜分别洗净,切碎。锅内放适量油,下肉末煸炒,再放虾皮、葱花、酱油炒匀,添入适量水,烧开。然后与大米一同煮粥至熟烂,再放菜丝煮片刻即成。

【吃法】每日可吃 2~3 次,每次 1 小碗。

【功用】补钙壮骨,强身健体。钙是促进幼儿骨骼和牙齿生长发育的主要物质,1 岁多的幼儿正处在长骨骼和长牙齿的阶段,补充钙质非常重要。

虾片粥

【原料】大米 100 克,大对虾 200 克,植物油、酱油、葱花各 15 克,黄酒、淀粉各 10 克,盐、白糖各 5 克,胡椒粉 2 克。

【制作】将大米拣去杂物,淘洗干净,放入盆内,加精盐拌匀稍腌,将大虾去壳并挑出沙肠洗净,切成薄片,盛入碗内,放入淀粉、植物油、黄酒、酱油、白糖和少许盐,拌匀上浆。锅置火上,放水烧开,倒入大米,再开后小火熬煮 40~50 分钟,至米粒开花、汤汁黏稠时,放入浆好的虾肉片,用大火烧滚即可。食用时分碗盛出,撒上葱花、胡椒粉即可。

【吃法】每日可吃 2~3 次,每次 1 小碗。

【功用】补肾益气,健身壮力。对虾含钙丰富,幼儿经常食用可补充钙的需求。

鱼肚薏苡仁粥

【原料】鱼肚 30 克,薏苡仁 30 克,大米 30 克,葱、生姜、酱、麻油各适量。

【制作】把鱼肚、薏苡仁洗净,葱、生姜切末。将鱼肚、薏苡仁、大米同煮为粥,粥成时加入姜、葱花、酱、麻油,稍煮沸一两次即成。

【吃法】每日可吃 2~3 次,每次 1 小碗。小便黄、烦躁、潮热、盗汗、舌质红者不宜食用。

【功用】健脾益肾固涩。可治疗小儿遗尿。

鲻鱼粥

【原料】鲜鲻鱼(梭鱼)500 克左右,大米适量。

【制作】取鲻鱼肉与大米加适量水同煮成粥。

【吃法】每日 2 次,随量调味服食。

【功用】健脾补肾,益气缩尿。尤其适用于小儿遗尿、小儿麻痹后遗症。

黄鱼菜粥

【原料】黄鱼肉 180 克,糯米 100 克,火腿末 10 克,蔬菜 50 克,胡椒粉 3 克,生姜 10 克,精盐 4 克,味精 2 克,猪油 18 克。

【制作】将黄鱼肉用盐或醋加水浸泡 5 分钟,让其去味提鲜,再用水洗净。把蔬菜拣去杂质后,用开水烫透,捞出,过凉水洗净,切成小段,直接放入盘内。将糯米先拣去杂质,用水浸泡半小时,再清洗干净。生姜去外皮,切成片。煮锅刷洗净后将糯米倒入锅里,加水适量,置于火上以旺火煮沸,待米粒煮至开花时,再放入黄鱼肉块、精盐、生姜片、火腿末、猪油共煮成粥,调入味精、胡椒粉拌匀,稍煮片刻,把蔬菜放入碗中,盛入粥即成。

【吃法】早、晚或晚餐食用。

【功用】开胃益气,明目安神。

牡蛎肉糯米粥

【原料】牡蛎肉 250 克,糯米 300 克,熟鱼肉 100 克,熟猪肉 50 克,猪骨汤 3 000 克,生姜 15 克,大蒜 50 克,酱油、味精、植物油、胡椒粉各适量。

【制作】将糯米浸泡 1 小时后,再用水洗净。把牡蛎肉放入盐水中浸 15 分钟,用水洗净。将熟鱼肉去骨和刺。猪肉切成丝。把大蒜去杂质,用水洗净,切成细丝。生姜去皮,也切成细丝。将糯米放在笼屉上蒸到刚熟透时,取出。把锅洗净,旺火烧热,下入植物油烧热,生姜丝爆锅后取出,加入酱油、骨头汤烧沸,倒入蒸透的糯米、牡蛎肉、鱼肉、猪肉、味精共煮沸即成。吃时可在粥面上撒上胡椒粉、蒜丝。

【吃法】早、晚或晚餐食用。

【功用】滋阴养血。

牡蛎肉芹菜粥

【原料】鲜牡蛎 250 克,大米 200 克,芹菜 100 克,鸡蛋 1 只,精盐、生姜、味精、生粉、猪油各适量。

【制作】将鲜牡蛎放入盐水中浸泡半小时,洗净,滤干水分,放入碗中,加入精盐、黄酒、生粉拌匀。把生姜去外皮,用水洗净,切成片。将芹菜去根、老黄叶后,取嫩绿茎的部分,水洗净,切成丝。把大米中的杂质挑拣干净,再用水淘洗干净,放入锅内,加水适量,煮粥。待粥将煮好时,将鸡蛋、鲜牡蛎、生姜片调匀,倒入粥里,迅速搅动,至粥滚时,下入芹菜丝,再加猪油、味精调味,烧开便可供食用。

【吃法】早、晚或晚餐食用。

【功用】清热利水,降压祛脂。

海参粥

【原料】水发海参 250 克,糯米 100 克,冰糖 50 克。

【制作】将海参切成约 1 厘米长的小丁,清洗干净。糯米去杂洗净,用水浸泡 1 小时。锅置火上,放水煮沸后放入海参煮 2 小时,再加入大米熬煮,调整水量,待粥快要成时,加入冰糖煮至溶化即成。

【吃法】早、晚或晚餐食用。

【功用】补血益精,滋阴润燥。

白果花生章鱼粥

【原料】章鱼干60克,白果9克,花生仁90克,龙须菜30克,香菇30克,大米100克,生姜、精盐、味精、猪油、胡椒粉各适量。

【制作】将白果打碎,去外壳、取仁,洗净。把香菇、章鱼分别用温水浸泡,用水洗净。将龙须菜去杂,浸泡,用水洗净。把生姜去外皮,切成细丝。将大米拣去杂质,放入水中淘洗干净。白果仁、花生仁、章鱼、龙须菜、香菇、大米同时放入瓦煲内,加水适量,旺火煮沸,小火煮至花生熟烂为度,加入精盐、味精、猪油、胡椒粉拌匀,稍煮片刻即成。

【吃法】早、晚或晚餐食用。

【功用】补脾益肺,消痰杀虫。

虾球粥

【原料】鲜虾250克,大米100克,干贝15克,精盐3克,淀粉5克,麻油5克,白糖5克,香菜末、葱花各适量。

【制作】将虾去头、壳,挑去脊背黑线,然后加入白糖、精盐腌20分钟,再洗净,沥干水,加淀粉、精盐拌匀。大米淘洗干净,放入锅中,置于火上,加水,烧开后加入泡发洗净的干贝同煮。粥煲好后,放入虾肉再煮开,吃时撒下香菜末和葱花即成。

【吃法】早、晚或晚餐食用。

【功用】补肾生血。

虾皮菠菜粥

【原料】虾皮25克,大米100克,菠菜50克,麻油、精盐、味精各适量。

【制作】将虾皮用水洗净。菠菜择洗干净,入沸水内烫一下,捞出,过凉水洗净,切成段。将大米淘洗干净,放入锅中,置于旺火上,加入适量水煮沸,放入虾皮、麻油煮成粥,粥熟后放入菠菜、精盐、味精调味,拌匀即成。

【吃法】早、晚或晚餐食用。

【功用】补充钙质。

豆浆海米粥

【原料】豆浆200克,大米100克,海米30克,姜末、葱花、精盐、麻油各适量。

【制作】将大米、海米分别淘洗干净,一起煮成稠粥,加入豆浆再煮3~5分钟,加入姜末、葱花、精盐调味,淋上麻油即成。

【吃法】每日早、晚或晚餐食用。

【功用】益气,补血,安神。

干贝粥

【原料】干贝 25 克,净鸡肉 50 克,荸荠 50 克,黄酒 15 克,水发香菇 50 克,精盐 5 克,猪油 25 克,葱花 5 克,生姜末 5 克,胡椒粉 2 克,大米 100 克。

【制作】干贝放入碗中,加入黄酒、鸡肉,上笼蒸至烂熟后取下。再将香菇切成小丁,荸荠去皮切成小丁。大米淘洗干净入锅,加入香菇丁、荸荠丁、水 1 500 克以及干贝、鸡肉,上火烧开,熬煮成粥,放入精盐、猪油、葱花、生姜末、胡椒粉稍煮拌匀即成。

【吃法】早、晚或晚餐食用。

【功用】补益肝肾,健脑安神。用于增强学习记忆能力。

牡蛎粥

【原料】鲜牡蛎肉 100 克,大蒜末 50 克,猪五花肉 50 克,黄酒 10 克,葱花 25 克,胡椒粉 2 克,精盐 10 克,猪油 25 克,糯米 100 克。

【制作】将牡蛎肉洗净,猪五花肉切成细丝;再将淘洗干净的糯米下锅,加水 1 500 克,置火上烧开,待米粒开花时加入猪肉、牡蛎肉、黄酒、精盐、猪油,一同煮成粥,再加入大蒜末、葱花、胡椒粉,调匀即成。

【吃法】日服 1 剂,分数次食用。

【功用】清热除湿,益阴强骨,健脑益智。用于增强学习记忆能力。

咸蛋蚝豉粥

【原料】咸鸭蛋 2 个,蚝豉 50～100 克,大米 50 克,油、盐、味精各适量。

【制作】蚝豉、大米分别洗净,一起放入沙锅中,加水 1 000 毫升,上火熬煮,待粥快要煮成时打入咸鸭蛋,加入油、盐、味精等调料,拌匀,稍煮一二沸即可。

【吃法】温服,每日 1 剂,连服 3～7 日。

【功用】滋阴降火,养血宁心。用于小儿肺结核等。

银鱼羊肉粥

【原料】干银鱼 60 克,鲜羊肉 50 克,白萝卜 100 克,糯米 100 克,黄酒 10 克,生姜 10 克,精盐 6 克,味精 3 克,麻油 25 克,胡椒粉 3 克。

【制作】将糯米拣去杂质,用水浸泡过夜,再清洗干净。把干银鱼拣净杂物,用水浸泡半小时,用水洗干净。将鲜羊肉洗净,切成小块。把白萝卜、生姜分别去外皮,切成细丝。将糯米放入锅内,加水适量,上火烧开,加入羊肉块,煮至羊肉熟、米粒将开花时,加入白萝卜、银鱼、黄酒、生姜、精盐、味精、麻油拌匀,共煮至熟烂成粥,再均匀地撒上胡椒粉即成。

【吃法】早、晚或晚餐食用。

【功用】养胃补虚,益肺止咳。用于小儿营养不良等。

海参猪肉粥

【原料】海参 30 克,瘦猪肉 250 克,大米 100 克,白糖适量。

【制作】将猪肉洗净切成小片,与胀发好的海参和淘洗干净的大米一同入锅,加水 1 000 克,用大火烧开,再转用小火熬煮成稀粥,调味食用。

【吃法】早、晚食用,连服 7~15 天。

【功用】补肾益精,养血润燥,除湿利尿。用于小儿脱肛等。

淡菜米粥

【原料】淡菜 80 克,大米 200 克,麻油、精盐各适量。

【制作】将淡菜用温水浸泡半天后洗净,切成碎末。锅置火上,放入适量的水以及淘洗干净的大米、淡菜末,用旺火烧沸后改用小火煮,粥熟时放入麻油和精盐调味即成。

【吃法】早、晚或晚餐食用。

【功用】补钙壮骨。

健儿杂粮粥

红薯泥粥 ❧

【原料】 鲜红薯 50 克,大米 50 克,白糖适量。

【制作】 将红薯洗净,去皮切碎捣烂;大米洗净后放入水中浸泡片刻备用。把红薯、大米一同放入锅内,加适量水,盖上锅盖,煮开后变小火煮至烂熟,加入白糖少许,稍煮即可喂食。

【吃法】 每日可喂 1 次,每次小半碗。

【功用】 富有营养,强身健体。

南瓜乳粥 ❧

【原料】 南瓜 40 克,奶粉 10 克,大米 30 克。

【制作】 将南瓜去皮切成小薄丁;大米洗净后放入水中浸泡待用。将上述原料放入锅中,加水煮沸,改小火煮 15 分钟,其间搅拌数次。将熟时放入奶粉边搅边煮至烂熟即可离火,冷凉后即可喂食。

【吃法】 每日可喂 1 次,每次小半碗。

【功用】 富有营养,强身健体。

稠米粥

【原料】大米、小米各 30 克。

【制作】将大米、小米淘洗干净，放在锅里，加入适量水，用小火慢慢煮烂，煮至粥呈黏稠状即可。

【吃法】每日可喂 1~2 次，每次 1 小碗。适合 7 个月以上婴儿食用。当粥呈黏稠状时，婴儿最容易吸收。最好选择上午 10 时喂粥，粥内也可加入菜泥、菜末、肉末、肝末、鱼肉等菜肴，同时食用。下午两时最好喂浓牛奶、豆腐脑、豆浆和烤馒头片、饼干等食物。两次喂食品种不要重复，尽量达到品种多样、营养全面。

【功用】富有营养，强身健体。用于断奶辅助食品。

黄金米粥

【原料】玉米粒 60 克，糙米 50 克，精盐适量。

【制作】将玉米粒洗净，沥干，加 3 杯水，放入果汁机中打烂，滤渣取汁备用。糙米泡水 6 小时后，倒掉泡水，另加 2 杯水在果汁机里打烂，滤渣取汁。将所有原料放至炉上，用中火以顺时针方向，用打蛋器搅动直到煮开，再续煮 5 分钟呈浓稠状，熄火，待温喂食。

【吃法】每日可喂 1~2 次，每次 1 小碗。适合 9 个半月的婴儿食用。玉米含蛋白质、纤维、维生素 B_1、钾、锌、叶酸、镁离子等，可加强肠胃的蠕动，而大量的谷氨酸还有健脑的作用。

【功用】富有营养，强身健体。用于断奶辅助食品。

双豆粥 ~

【原料】赤小豆 50 克,黄豆 30 克,糙米 30 克,葡萄糖适量。

【制作】将赤小豆、黄豆、糙米用水泡 6 小时以上。赤小豆加适量水煮烂备用;糙米加适量水与黄豆一同放入果汁机中打烂,滤渣取汁置于炉上,用中小火,边煮边搅拌,煮开后,关火待温。黄豆糙米汁中放入葡萄糖,与焖烂的赤小豆粒(汤汁不要)混合煮至软烂,趁温热时饮用。

【吃法】每日可喂 1~2 次,每次 1 小碗。适合 9 个月以上婴儿食用。现代医学认为赤小豆有消肿解毒之效,对于怕冷或肾脏性水肿,有一定的效果,而黄豆对较瘦弱、营养不良的婴幼儿来说是最佳的食物,婴儿拒吃副食品时,也可用这道奶品来作主食,可防止便秘。

【功用】富有营养,强身健体。用于断奶辅助食品。

芝麻玉米粥 ~

【原料】黑芝麻粉 40 克,玉米粉 30 克,白糖 20 克。

【制作】将芝麻粉加入适量水和白糖混合,放炉火上加热烧开。玉米粉和水调匀,慢慢淋入锅内,勾芡成浓糊状即可熄火,盛出食用。

【吃法】每日可喂 1~2 次,每次 1 小碗。适合 8 个月以上婴儿食用。

【功用】富有营养,强身健体。用于断奶辅助食品。

赤小豆粥

【原料】大米 50 克,赤小豆 50 克,红糖适量。

【制作】将大米和赤小豆分别淘洗干净,一起放入锅内,加入水,用大火煮开后,加盖转小火焖烂待用。锅内倒少许油,放入红糖炒至熔化,倒入赤小豆粥翻搅均匀,熄火后盛出待温即可喂食。

【吃法】每日可喂 2~3 次,每次 1 小碗。适合 10 个月以上婴儿食用。在煮豆粥时,必须凉水下锅,大火烧开,否则容易把赤小豆煮僵,影响起沙。注意赤小豆粥要熬至黏稠,豆子要煮得越烂越好,这样才可以去除豆腥味,并容易搅烂。本粥含有丰富的蛋白质和赖氨酸。赖氨酸是人体 8 种必需氨基酸之一,对幼儿大脑发育有重要的作用。

【功用】富有营养,强身健体。用于断奶辅助食品。

豆米奶粥

【原料】黄豆 30 克,糙米 30 克,葡萄糖适量。

【制作】将黄豆与糙米泡水 6 小时以上(夏天容易起泡须换水)。将泡好的黄豆与糙米加适量水放入果汁机内打碎(可反复多打几次),过滤取汁,将汁放在炉上用小火(边煮边搅拌)煮开后,放入葡萄糖,熄火待温方可喂食。

【吃法】每日可喂 1~2 次,每次 1 小碗。拒食或厌奶期的婴儿可当主食,或当早餐、点心。

【功用】富有营养,强身健体。用于断奶辅助食品。

扁豆绿豆粥 ❧

【原料】白扁豆50克,绿豆50克,大米100克,白糖适量。

【制作】取白扁豆、绿豆、大米淘净同煮成粥,加白糖调味。

【吃法】每日可喂2~3次,每次1小碗。

【功用】清暑和中。用于暑湿脾胃失和吐泻烦渴的婴儿。

绿豆薏苡仁粥 ❧

【原料】绿豆、薏苡仁、糙米各20克,葡萄糖适量。

【制作】将绿豆、薏苡仁、糙米洗净后放入水中浸泡4小时。将泡好的原料放入锅里,加适量水煮,先以大火煮开后,再以小火慢煮至粥烂为止。

【吃法】每日可喂2~3次,每次1小碗。绿豆性属寒凉,故胃虚寒者不宜多食,腹泻时亦不可食。

【功用】消暑解毒止渴。用于过敏性皮炎。

绿豆金银花粥 ❧

【原料】绿豆30克,金银花5克,大米50克,冰糖适量。

【制作】将金银花水煎取汁,加入淘洗干净的大米、绿豆,一同煮粥,粥熟后加冰糖适量调服。

【吃法】每日可喂 2~3 次，每次 1 小碗。

【功用】清热凉血，利湿去毒。用于婴儿湿疹。

窝头菠菜粥

【原料】小米面窝头 100 克，菠菜叶 50 克，鲜汤 200 克，麻油 1 克，葱花、生姜末、酱油、精盐各适量。

【制作】将小米面窝头用手撕成小块，放入鲜汤中煮开，并投入洗净的菠菜叶，加入调料，调好味道即可出锅盛入碗中喂食。

【吃法】每日可喂 2~3 次，每次 1 小碗。

【功用】活血补血，养肝明目。用于断奶辅助食品。

薏苡仁粥

【原料】薏苡仁 50 克，白糖适量。

【制作】将薏苡仁洗净，放入锅中加适量水煮开，再用小火熬熟烂，加入白糖，温服。

【吃法】每日可喂 2~3 次，每次 1 小碗。

【功用】利水渗湿，除痹，健脾止泻，清肺排脓，健脾除湿。用于幼儿厌食。

玉米粥

【原料】玉米粉 30 克，白糖或精盐适量。

【制作】将水烧开,徐徐加入玉米粉并搅成糊状,煮熟后加入糖或盐温服。

【吃法】每日可喂 2~3 次,每次 1 小碗。

【功用】粥稠味香,健胃宽肠。用于断奶辅助食品。

芋泥芝麻粥

【原料】大米 30 克,芋头半个,天然黑芝麻粉 30 克,葡萄糖适量。

【制作】芋头切小块,放进电锅蒸到熟软,再用勺子压成泥状备用。将大米洗净后放入锅内煮粥,粥将成时放入芋泥搅拌,再放入芝麻粉,边煮边搅片刻即成。喜甜味者,可同时加入葡萄糖,即可食用。

【吃法】每日可喂 2~3 次,每次 1 小碗。冬天宜温热食用,夏天宜温食。

【功用】润肠通便。用于小儿便秘。

扁豆薏苡仁粥

【原料】白扁豆、薏苡仁和大米各 50 克。

【制作】将白扁豆、薏苡仁和大米分别淘洗干净,并分别放入水中浸泡备用。将扁豆放入锅内,加水置火上煮开,此时放入薏苡仁和大米,待再次煮开后,变小火煮至烂熟即可。

【吃法】每日可吃 2~3 次,每次 1 小碗。

【功用】健脾止泻。预防中暑,夏季给小儿食用很适宜。

豌豆粥

【原料】大米 50 克,豌豆 20 克,牛奶 100 克,精盐适量。

【制作】将豌豆用开水煮熟,捣碎并过滤。将大米放入锅中。加适量水,用小锅煮沸;之后放入牛奶和豌豆,并用小火再煮至黏稠。加精盐调味。

【吃法】每日可吃 2~3 次,每次 1 小碗。

【功用】富有营养,强身健体。豌豆含丰富的蛋白质、维生素 B_1、维生素 B_6 和胆碱、叶酸等,味道也比大豆好,婴儿大多不会排斥,豌豆对腹泻有显著疗效。

豆豉八宝粥

【原料】赤小豆、绿豆、花生、豆豉、麦片、薏苡仁各 30 克,大米 50 克,糖 10 克。

【制作】将各原料(大米除外),洗净后用水浸泡 2 小时,再放在火上用小火煮烂。大米洗净,加入八宝料中熬煮成粥,再加糖调味即可熄火盛出食用。

【吃法】每日可吃 2~3 次,每次 1 小碗。

【功用】富有营养,强身健体。

白扁豆粥

【原料】白扁豆 15 克,人参 5 克,大米 50 克。

【制作】先煮扁豆,快熟时,加入米、水煮粥。同时,另煎人参取汁,粥熟时,将参汁兑入调匀即可。

【吃法】每日食用 2 次,空腹食。

【功用】健脾止泻。可防止幼儿腹泻。

桂花赤豆糖粥

【原料】糯米 50 克,赤豆 15 克,红糖 10 克,咸桂花 10 克。

【制作】先把赤豆煮至酥软,随后与糯米一起加水煮(一般米与水的比例为 1∶3 左右)。先用大火烧开,再改小火烧,待烧至比一般大米粥稍稠、有黏性时,加进红糖调匀,装碗,再放上桂花即成。

【吃法】随量食用。

【功用】富有营养,强身健体。

红薯鸡蛋粥

【原料】红薯 30 克,鸡蛋 1 个,牛奶 150 克,大米 50 克。

【制作】将红薯去皮,炖烂,并捣成泥状;将鸡蛋煮熟之后把蛋黄捣碎。将大米洗净,加水,置火上煮成粥,粥将成时,放入红薯泥和牛奶用小火煮,并不时地搅动。黏稠时放入蛋黄,搅匀即成。

【吃法】每日可吃 2~3 次,每次 1 小碗。

【功用】消食健脾,润肠通便。红薯主要以淀粉为主,味道甘美,其含有的纤维素,可刺激肠的蠕动,而利于通便,患有便秘的小孩子可吃这种粥。牛奶、鸡蛋可以补充蛋白质等营养素的需要。

面糊粥

【原料】大米、大麦、黏米各 30 克,大豆、芝麻各 20 克。

【制作】将大米、大麦、黏米等谷物放在蒸锅里煮。将蒸后的食物在阳光下晾干并炒制,再将其磨成粉,将粉用 40℃ 的水冲开搅匀。

【吃法】每日可吃 2~3 次,每次 1 小碗。

【功用】富有营养,强身健体。

双豆薏苡仁粥

【原料】绿豆、赤小豆、薏苡仁各 10 克。

【制作】将绿豆、赤小豆、薏苡仁洗净后放入水内浸泡 1 小时。将所有原料放入沙锅内,加水 700 克,煎煮至 200 克。

【吃法】每日可吃 2~3 次,每次 1 小碗。

【功用】清热解毒,利水消肿。对于夏季热毒缠身、烦热爱哭的小孩,可食用此粥,通过排尿的方式,将身上的毒素排出体外。

饴糖粥

【原料】 饴糖 30 克,大米 50 克。

【制作】 将大米洗净,放入水中浸泡 1 小时;饴糖磨碎。将大米放入锅内,加适量水置大火上煮开,再改小火煮至粥熟,调入饴糖,调匀即可食用。

【吃法】 每日可吃 2~3 次,每次 1 小碗。

【功用】 健脾和中止痛,强身健体。尤其适用于脾虚食少、胃虚作痛的患者食用,也是幼儿的最佳补品,注意宜空腹食之。

红薯苹果粥

【原料】 红薯 200 克,苹果 100 克,大米 100 克,蜂蜜 5 克。

【制作】 将红薯去皮洗净,切成小碎丁;苹果洗净,去皮,去子核,切成小丁;大米淘洗干净。锅置火上,加入适量水,下入大米烧开,米煮至半熟时,下入苹果、红薯丁,再烧开,改用微火慢煮,煮至米烂、薯熟时,加入蜂蜜,搅匀烧开即成。

【吃法】 随量食用。

【功用】 富有营养,强身健体。

二米芸豆粥

【原料】 大米 50 克,小米 30 克,芸豆 40 克,白糖或小咸菜末少许。

【制作】将大米、小米、芸豆分别淘洗干净。将芸豆放入锅内,加水置火上煮至快要烂时,加入大米、小米,用大火烧沸,转小火煮成粥。食用时将粥盛入碗内,加入白糖搅匀即成。也可以不加白糖,佐食小咸菜末。

【吃法】随量食用。

【功用】富有营养,强身健体。

三米浓粥

【原料】大米 100 克,小米 100 克,高粱米 50 克。

【制作】将大米、小米、高粱米分别淘洗干净。锅置火上,加水适量,烧开,先下入高粱米,煮 15 分钟,再下入大米,再煮 5 分钟,最后下入小米。烧开后改用微火再煮 30 分钟,出锅,滤去粥渣,用粥油喂婴儿。

【吃法】随量食用。

【功用】富有营养,强身健体。

薏苡仁冰糖粥

【原料】薏苡仁 25 克,山楂糕 15 克,冰糖 50 克,桂花适量。

【制作】将薏苡仁用温水洗净,放入碗内、加入水,漫过薏苡仁,上笼蒸熟,取出备用;山楂糕切丁。锅上火,加入水 250 克,放入冰糖、桂花,视糖化汁浓时,倒入薏苡仁、山楂糕丁,待烧至其漂在汤面上即成。

【吃法】随量食用。

【功用】富有营养,强身健体。

玉米黄豆粥

【原料】玉米面50克,黄豆20克,白糖适量。

【制作】将黄豆洗净,加水泡软,然后放入锅内,加水置火上煮至酥烂,捞出备用。锅置火上,加水适量,下入黄豆,烧开后,倒入用温水搅拌成糊状的玉米面,边倒边搅拌,烧开后转用小火再煮熬一会儿即成。食用时加入白糖搅匀即可。

【吃法】随量食用。

【功用】富有营养,强身健体。

花生枣泥粥

【原料】花生米20粒,大枣5枚,大米粥、白糖各适量。

【制作】花生米剥去红衣,加水煮至六成熟,入大枣煮至熟烂,取出大枣,去皮、核,与花生米共碾成泥,调入粥中,加入白糖略煮即可食用。

【吃法】佐餐食用。

【功用】养血补脾,润肺。尤其适用于小儿血小板减少性紫癜,贫血者。

乌豆粥

【原料】乌豆 20 克，大米 100 克，红糖适量。

【制作】每年秋季将乌豆收集存用。取乌豆用温水浸泡一晚，加水烧开，再入大米、红糖，煮至豆烂、米花、粥稠为度。

【吃法】早、晚或晚餐食用。

【功用】利水消肿。尤其适用于小儿水肿及痈肿疮毒者。

葱豉粥

【原料】大米 50 克，葱白 3 寸段，豆豉 10 克。

【制作】大米淘净，煮粥，熟前加葱白、豆豉煮沸。

【吃法】早、晚或晚餐食用。趁热服食得汗。

【功用】解表发汗。尤其适用于小儿外感风寒者。

小麦粥

【原料】小麦 100 克。

【制作】慢火煮小麦为粥，随量喂食。

【吃法】早、晚或晚餐食用。

【功用】清热止渴。尤其适用于小儿热病后口干喜饮，消渴，口干者。

豆浆玉米粥

【原料】豆浆 300 克,玉米面 50 克,精盐、味精各适量。

【制作】玉米面用 100 克豆浆调成生糊备用。剩余豆浆煮沸 3~5 分钟,边搅拌边加入玉米面生糊,再用小火煮沸 3~5 分钟,加入精盐、味精调味即成。

【吃法】早、晚或晚餐食用。

【功用】补虚强身。

豆浆大米粥

【原料】豆浆 200 克,大米 100 克,白糖适量。

【制作】大米按常法煮成稠粥,加入豆浆搅匀,再煮沸 3~5 分钟,加白糖调味即成。

【吃法】早、晚或晚餐食用。

【功用】健脾补血。

豆浆麦麸粥

【原料】豆浆 200 克,大米 100 克,麦麸 50 克,白糖适量。

【制作】麦麸炒熟出香味后研成极细末备用。大米按常法煮成稠粥,加入用豆浆、炒麦麸末调成的糊,边加边搅拌,用小火煮沸 3~5 分钟,离火后,加白糖溶化即成。

【吃法】早、晚或晚餐食用。

【功用】健脾益胃,补血。

黑芝麻粥

【原料】黑芝麻 75 克,大米 250 克,白糖适量。

【制作】将黑芝麻挑去杂质,淘洗干净,晒干,入锅炒香,压成碎末。大米淘洗干净,放入锅内,加入适量水,用旺火烧开后,转小火熬至米烂粥稠时,加入黑芝麻末,待粥微滚,加入白糖,盛入碗内即成。

【吃法】早、晚或晚餐食用。

【功用】滋补肝肾,益脑养阴。

玉米豆粉粥

【原料】玉米面 100 克,黄豆粉 100 克,白糖适量。

【制作】将豆粉用温水泡透,搅成稀糊状。玉米面用温水调匀备用。将两种糊合在一起,倒入沸水锅内,边倒边搅动,开锅后,用小火熬至黏稠,出锅加入白糖即成。

【吃法】早、晚或晚餐食用。

【功用】健脾利湿,降压消脂。

黄豆粥

【原料】大米 200 克,黄豆 75 克,白糖适量。

【制作】将黄豆淘洗干净,放入碗内,加入冷水浸泡4小时,黄豆泡涨备用。将大米淘洗干净,放入锅内,加入适量水,用旺火烧开,放入黄豆,转小火熬至米豆稠黏即可。食用时,将粥盛入碗内,加入白糖即成。

【吃法】早、晚或晚餐食用。

【功用】健脾益气。

粟米赤小豆粥

【原料】粟米200克,赤小豆茸200克,红糖适量。

【制作】将粟米淘洗干净,放入锅内,加入适量水,用小火煮至半熟时,加入赤小豆茸、红糖继续熬至粟米软烂黏稠即成。

【吃法】早、晚或晚餐食用。

【功用】健脾除湿,清热解毒。

赤小豆薏苡仁粥

【原料】赤小豆50克,薏苡仁30克。

【制作】将赤小豆、薏苡仁洗净,拣去杂质,放入沙锅内,加水适量,如常法煮粥,煮至豆烂米糜即可。

【吃法】早、晚或晚餐食用。

【功用】健脾养血。

红薯粥 ❧❧❧❧

【原料】鲜红薯 400 克,大米 200 克,白糖适量。

【制作】将红薯洗净、去皮,切成小块。将锅中水烧开后,把红薯与淘净的大米下锅同煮,用旺火烧开,转用小火煮至薯烂粥稠,盛入碗内,加入白糖调匀即成。

【吃法】早、晚或晚餐食用。

【功用】易于消化,益气生津,和血通便。

高粱米粥 ❧❧❧❧

【原料】高粱米 150 克。

【制作】高粱米用水浸泡发涨后淘洗干净,放入锅内,加水 1 000 克,大火烧开后改用小火,慢慢熬煮成粥。

【吃法】温服,每日 1 次或分次服完。

【功用】和胃健脾,益气止汗,利尿。用于婴幼儿消化不良、食积、自汗、小便淋涩等。

炒米泡粥 ❧❧❧❧

【原料】大米 50 克,炒米适量。

【制作】大米加适量水煮成粥,于碗中酌加炒米搅拌。

【吃法】早、晚或晚餐食用。

【功用】醒脾开胃,除烦渴,利小便。用于热病后口渴喜饮,胃口不开等。

小麦山药粥

【原料】小麦 100 克,淮山 50 克,白糖适量。

【制作】将前两味同捣为碎末,加水煮成粥,白糖调味。

【吃法】早、晚或晚餐食用。

【功用】开胃健脾。用于脾胃虚弱所致的胃脘冷痛,大便溏薄,消化不良等。

豆浆大麦糯米粥

【原料】豆浆 200 克,大麦仁 50 克,糯米 50 克,白糖适量。

【制作】大麦仁、糯米煮成极稠粥,加入豆浆搅匀,再煮 3～5 分钟,离火后加入白糖溶化即成。

【吃法】早餐食用。

【功用】健脾和胃,益气补血。用于儿童肥胖等。

豆浆玉米面麦麸粥

【原料】豆浆 200 克,玉米面 50 克,麦麸 50 克,蜂蜜适量。

【制作】麦麸放入炒锅内炒出香味,研成极细末,与玉米面混合均匀,用少量水调成稠糊备用。豆浆煮沸 3～5 分钟,加入麦麸

玉米面糊,边加边不停搅拌,以防煳在锅底,沸后稍煮,离火后兑入蜂蜜搅匀即成。

【吃法】早、晚或晚餐食用。

【功用】补血和胃,解毒降脂。用于儿童肥胖等。

豆浆南瓜大米粥

【原料】豆浆 200 克,大米 100 克,南瓜肉 100 克,精盐、葱花各适量。

【制作】南瓜肉切成小块,剁碎,与大米一同煮成稠粥,加入豆浆搅匀,煮沸 3~5 分钟,加入精盐、葱花调味即成。

【吃法】早、晚或晚餐食用。

【功用】健脾补肾,滋阴降糖,降压降脂。用于儿童肥胖等。

芝麻桑葚粥

【原料】黑芝麻 60 克,桑葚 60 克,白糖 10 克,大米 50 克。

【制作】以上 3 味淘洗干净后一同捣碎,再放入沙锅中,加水 1 000 克,用大火烧开后转用小火熬煮成稀糊状,加入白糖调味。

【吃法】早、晚或晚餐食用。

【功用】滋阴养血,补肾健脑。用于增强学习记忆能力。

糯米麦粥 ❧

【原料】糯米 50 克,小麦米 60 克。

【制作】糯米、小麦米加水如常法煲成粥,加糖适量,调味服。

【吃法】早、晚或晚餐食用。

【功用】益中气,暖脾胃,养心神,敛虚汗,健脑益智。用于增强学习记忆能力。

黑米粥 ❧

【原料】黑米 200 克。

【制作】将黑米淘洗干净,放入沙锅中,加水适量,用旺火烧开,再转用小火熬煮成稀粥。

【吃法】每日早、晚温热食用。

【功用】补肾健脾,滋阴养血,益肝明目。用于视力下降、面容憔悴等。

海带绿豆粥 ❧

【原料】大米 100 克,海带 50 克,绿豆 100 克,白糖适量。

【制作】将海带用水浸泡多次洗净,切碎。将大米、绿豆分别洗净。将绿豆放入锅内,加水适量煮沸,改为小火煮至绿豆熟。加入海带、大米共煮成粥(需不断搅动防止煳锅),放入白糖调匀,出锅即成。

　　【吃法】早、晚或晚餐食用。

　　【功用】护眼明目,健脑益智。用于小学生视力下降。

红薯玉米粥

　　【原料】红薯200克,玉米粉100克。

　　【制作】将玉米粉与冷水搅拌成稀糊。将红薯洗净,去皮,切成小块,放入锅内,加水适量煮沸,改为小火煮至熟烂。将玉米生糊徐徐注入锅内,边注入边搅拌,直至煮成粥,出锅即成。

　　【吃法】早、晚或晚餐食用。

　　【功用】护眼明目,健脑益智。用于小学生视力下降。

南瓜粥

　　【原料】老南瓜200克,大米100克。

　　【制作】将老南瓜洗净,去皮、瓤,切成小块。大米淘洗干净,放入盛有适量水的锅内煮沸,投入南瓜块同煮成粥。

　　【吃法】早、晚或晚餐食用。

　　【功用】护眼明目,健脑益智。用于小学生视力下降。

玉米绿豆粥

　　【原料】玉米粉100克,绿豆50克。

【制作】将绿豆去杂,洗净,放入锅内,加水适量煮至豆熟、开花。将玉米粉用冷水调成糊徐徐倒入锅内,边倒入边搅,不断搅拌成粥。

【吃法】早、晚或晚餐食用。

【功用】护眼明目,健脑益智。用于小学生视力下降。

百合粉粥 ❧

【原料】百合粉 30 克,大米 50 克,白糖适量。

【制作】将百合粉加入淘净的大米中,放水适量煮粥,熟时加入白糖搅拌。

【吃法】温热服食。

【功用】清热生津。用于小儿麻疹收疹期。

燕麦绿豆粥 ❧

【原料】燕麦片 100 克,绿豆 50 克。

【制作】将绿豆去杂,洗净,放入锅中,加水适量,煮至绿豆熟烂开花,下入燕麦片,搅匀即成。

【吃法】每日早、晚分食。

【功用】清暑解毒,降压祛脂。用于小儿厌食症等。

锅巴粥 ❧

【原料】锅巴 50 克。

【制作】将锅巴放在小火上烤成两面焦黄后入锅,加适量的水煮成粥。

【吃法】每日2次。

【功用】开胃,增进食欲。用于小儿营养不良。

芝麻糯米粥

【原料】黑芝麻20克,血糯米(或大米)50克。

【制作】将黑芝麻洗净,晒干后炒熟研碎;再将血糯米(或大米)淘洗干净,加水1 000克煮至粥稠时再加入研碎的黑芝麻,同煮数分钟即可。

【吃法】温热食用,每日早、晚分服。

【功用】补铁生血,补肝肾,润五脏。

小麦胚粉粥

【原料】小麦胚粉、大米、红糖各适量。

【制作】将大米淘洗干净,入锅加适量水,用旺火煮沸,改用小火煮至黏稠成粥,加入小麦胚粉再煮沸,加入红糖即成。

【吃法】早、晚或晚餐食用。

【功用】补锌强身。

燕麦豌豆粥 ❧

【原料】燕麦仁 150 克,豌豆 50 克。

【制作】将燕麦仁、豌豆分别去杂洗净,放入锅内,加水适量,用大火烧沸后,再改用小火煮至豌豆熟而开花,出锅即成。

【吃法】早、晚或晚餐食用。

【功用】补充微量元素。燕麦、豌豆都富含铜,此粥是小儿补铜的食品。

高粱米绿豆粥 ❧

【原料】高粱米 200 克,绿豆 50 克,白糖适量。

【制作】将高粱米、绿豆分别去杂,淘洗干净。锅置火上,放入适量水,先放绿豆煮沸,再加入高粱米煮至成烂熟的稠粥,出锅前加入白糖即成。

【吃法】早、晚或晚餐食用。

【功用】补充微量元素。高粱米、绿豆都含有丰富的铜,小儿吃此粥可预防缺铜。

甜浆米粥 ❧

【原料】豆浆 1 大碗,大米 50 克,白糖适量。

【制作】将大米去杂,洗净,放入锅内加水适量,煮至米将熟

时,放入豆浆、白糖,开锅后再稍煮一会儿,出锅即成。

【吃法】早、晚或晚餐食用。

【功用】补充微量元素。豆浆为大豆制成,大豆和大米(大米)都富含硒成分,两物并用,是小儿补硒的佳品,宜常食。

两米豌豆粥

【原料】大米 100 克,小米 50 克,豌豆(或绿豆)40 克,白糖或小咸菜末适量。

【制作】将大米、小米、豌豆(或绿豆)淘洗干净。锅置火上,加水适量,放豌豆(或绿豆)煮至将烂时,加入大米烧开,再加入小米,用大火煮开后,再改用小火煮成粥。食用时,加白糖或佐食咸菜末均可。

【吃法】早、晚或晚餐食用。

【功用】补充维生素。大米、小米均富含维生素 B_1、维生素 B_2,有利小儿防病健康成长。

玉米燕麦粥

【原料】玉米粉 150 克,燕麦仁 100 克。

【制作】将燕麦仁去杂洗净,放入锅内,加水适量,煮至燕麦仁熟而开花时,将用冷水调成的稀玉米糊徐徐倒入锅内,并用勺不停地搅动,烧沸后再改用小火稍煮,即可食用。

【吃法】早、晚或晚餐食用。

【功用】补充维生素。玉米面、燕麦仁都含有维生素 B_1 和维生素 B_2,是小儿保健助长食品。

黄豆小米浆粥

【原料】黄豆 50 克,小米 100 克。

【制作】将黄豆、小米分别去杂,放入盆里用冷水浸泡 2~3 小时,磨成稀浆,滤出浆汁,盛入盆中。锅内加适量水,上火烧沸,把滤好的黄豆、小米浆汁下入锅内,边下边搅,煮沸即成。

【吃法】早、晚或晚餐食用。

【功用】补充维生素。黄豆、小米都含有较多的维生素 B_1、维生素 B_2,婴幼儿常吃,可健身长个儿。